Zuiu & Nachi
「森羅万象 狐の輿入」

「……ふ…っ、あ……ん…っ、あぁ……っ」
あっという間に先端からは蜜がこぼれ始め、
どうしたらいいのかもわからないまま、
那智は男の肩にしがみついて身体を揺すった。
「うん…、可愛いね」
吐息で笑いながら瑞宇がつぶやき、優しいキスをくれる。
（本文P.182より）

Chara

森羅万象　狐の輿入

水壬楓子

キャラ文庫

この作品はフィクションです。
実在の人物・団体・事件などにはいっさい関係ありません。

目次

口絵・本文イラスト／新藤まゆり

夜の湿ったビル風が頬《ほお》を撫《な》でる。

人工の明かりがまばゆいような別世界を映す裏側では、その影が深い闇《やみ》を作り出している。

都会の中でも光の届かないそんな場所を、一人の男が逃げていた。

本当に必死な、死にもの狂いの息づかいを感じる。おそらくはその形相も。

四階の窓から飛び降り、ガードレールや植えこみを跳び越えて走る姿は、どう見ても人間離れしている。

冷静にその痕跡《こんせき》をたどり、あとを追いながら、那智《なち》は徐々に距離を詰めていった。追跡を始めた頃と比べて、足どりが乱れてきているのがわかる。あせっているのだろう。

それはそうだ。命がかかっているのだ。

人間の男だった。少なくとも、見かけは。

いや、器《うつわ》は、というべきだろうか。

夜のオフィス街だけに、あたりは人っ子一人、犬猫の姿さえ見えない。空気が澄んでいる。それだけに、異質な「匂《にお》い」をはっきりとたどることができる。

前の方から、カンカンカン…ッ、とせわしなく鉄階段を登る音が耳を打った。

仮にも狐ならば、もっと足音を忍ばせて登ってほしいところだが、どうやらその余裕もないらしい。

うまくいっている。

那智はひっそりと口元に笑みを浮かべた。

古い雑居ビルの屋上まで駆け上がった男が、さらに給水塔から奥へと走りこむのがちらりと視界の端にかかる。

「そろそろ観念したらどうですか?」

那智は小さく息を吐いていったん立ち止まり、静かに声をかけた。

「それ以上逃げると、本当に命に関わりますよ?」

大きく肩を上下させながら、男が血走った目で振り返る。

二十代なかばで、ジャージ姿だ。

「なんだよ、おまえはよっ!?」

険しく那智をにらみながら叫ぶ。

「知良《ちいら》の者です」

「くそっ、御祓方《おはらいかた》の手先かよっ!」

静かに答えた那智に、男が忌々《いまいま》しそうに吐き捨てた。そして引きつった顔で、哀れっぽく頼んでくる。

「な、なぁ…、見逃してくれよ…。な? アンタも狐だろっ?」

どうやら男も、そのくらいの見極めはついていたらしい。

確かに男は同族だった。きわめて広い意味での、だが。同じ里というわけではない。

なるほど、狐顔だ。やはりそういう人間を選んでいるのだろうか。

「無理ですね。あなたがその男に憑依《ひょうい》して窃盗《せっとう》を続ける限り、彼の人界での罪が増えるのですから」

男は憑依系の狐だった。いわゆる「狐憑《きつねつ》き」だ。この国では古くから馴染《なじ》みがある。

那智も本体は狐の妖祇《あやかし》である。ただし、人に憑依することはできない。今のように、人間に変化《へんげ》するだけである。

人間界には、この「妖祇」と呼ばれる存在が数多く生息していた。

冥界《めいかい》からさまよい出てくる、「妖屍《あやかし》」。死霊、怨霊《おんりょう》の類《たぐい》である。

それを追い返したり、捕えたり、あるいはその通り道を守る「妖使《あやかし》」。

さらに人間たちの隣で、あるいは交わって暮らしている、動物たちの「妖祇」。

音で聞けばすべて「あやかし」であり、この世に存在する人間以外のもの、普通の動物ではない怪異の存在はまとめて、「妖祇」と呼ばれていた。

御祓方というのは、その妖祇たちが人間に害をなす場合、取り締まる役目を負っている者たちである。それだけに、人間でありながら特別な能力を持つ。

知良は、その御祓方の役目を負っている四家の一つだった。

「素直に捕まった方が身のためですよ」

冷然と言った那智に、チッ、と男が舌を弾いた。

「冗談だろ…っ、ここで捕まってたまるかよっ！」

男は吠えるような声を上げると、パッと身を翻《ひるがえ》した。

本来逃げ場のないビルの上だ。しかしかまわず男は助走をつけてフェンスを乗り越え、ビルの端に立つ。

隣のビルの屋上まで、道路を挟んで十メートルほど。高さはさして変わらない。

人間なら自殺行為だが、狐の妖祇によっては飛べない距離ではない。その度胸があれば、だが。

ちらっと背後の那智を見て、男は一気に身を躍らせた。

引き絞った身体《からだ》が宙に放たれ、放物線を描いてきれいに隣のビルに着地する。

さすがに身体能力は高く、彼自身、相当自分の敏捷性《びんしょうせい》に自信があるようだった。間違ってはおらず、それだけに今まで捕まらなかったのだが。

「ハハハハハ……ッ！　ざまあみろっ！」

高笑いして、男がこちらを振り返った。

——だが。

その、男が跳び越えた先がゴールだった。

那智はあせって追うことはせず、静かに唇だけで微笑《ほほえ》む。

素早く逃げようと、男の顔が正面に向き直った瞬間、凍りついた。

いつの間にか、男の前に二人の人間が立っていたのだ。

「やれやれ…、ちょっと手こずったね。すばしこい狐だ」

一人がため息をつくように言った。

四十過ぎの、落ち着いた物腰の男だった。長身で、体格もいい。きっちりとしたスーツ姿だ。怜悧《れいり》な眼差しをまともに突きつけられると、ゾクリ…と身体の芯が冷えるほどの冷酷さがあり、実際、妖祇を調伏《ちょうぶく》し、滅する力もある。そして現実に、容赦なく滅している。

知良瑞宇《ずいう》。知良の直系である。現在の、表向きの仕事はコンサルタント業だったが。御祓方としての能力を、一部流用している形である。

企業相手ではない。個人を対象にした「占い師」と言い換えた方がより正確なのかもしれない。顧客には政財界の大物が多く、実際のところ、瑞宇は彼らにとってカリスマ的な「アドバイザー」だった。

そしてもう一人は三十過ぎの、メガネをかけたちょっとインテリ風の、しかし陽気な雰囲気の男だった。

須江《すえ》隆郁《たかふみ》。「警視庁公安部外事課特殊事例対策室室長」という肩書きを持つ。

通称S課と呼ばれ、「特殊事例」、つまり暗に妖祇関係の事件を扱っている。

御祓方ではないが知良の分家筋に当たる男で、能力もいくらか受け継いでいるらしい。

今回はこの須江の依頼で、瑞宇が——つまり那智も——動いたのである。

あっ…、と短い声を上げて、男が二、三歩あとずさった。

そして我に返って逃げ出そうと身体の向きを変えたが、その時には、那智もビルを跳び越えて男の背後についている。

「クソ…っ！」

男が顔を引きつらせて吐き出すと、それでもしぶとく逃げ道を探すように横へ走り出す。

ちらっと瑞宇が、那智の視線を捉《とら》えた。

うなずいた那智はタイミングを測る。

瑞宇が人差し指と中指の二本をそろえて唇に当て、低く祓詞《はらえことば》を唱える。

「……祓閉給比清米給閉登……恐美恐美母白須。——発…！」

そして大きく腕が振るわれ、篭目《かごめ》の印とともにその詞が投げられた瞬間、男の身体が何かに激しくぶつかったようにはね飛ばされた。

「うわぁぁぁぁぁ……っ！」

喉《のど》が裂けるような悲鳴が上がり、男の身体がコンクリートにたたきつけられる。

仰向けに倒れた男の身体が痙攣《けいれん》し、やがて何か、もわっとしたモノが男の身体から浮き上がってくるのが見える。

那智は手を伸ばして素早くその「狐」を男の身体から引き剝《は》がすと、前足をそろえて紐《ひも》で縛り付けた。

しゃりん…と左手につけていた鈴が小さく鳴る。

『このやろう…っ、クソっ、離せよ……っ！』

一瞬意識が遠のいていたらしい狐が、我に返って暴れ出した。

『狐のくせに…ッ、裏切り者がっ！　飼い犬になりやがってっ！』

わめき散らす狐を、那智は冷ややかに見つめた。

「それ以上しゃべっていると、死にますよ？」

静かに告げると、ぴたっ、と狐が口を閉じた。もがいていた身体もおとなしくなる。

「いやあ、御大《おんたい》の手を煩わせてしまって申し訳ありません。ちょっとこの男、派手にやり過ぎたみたいでしてね。どうにかしろと上からのプレッシャーがすごくて」

にこにこと、言葉ほどの圧力は感じていないように須江が朗らかに言うと、コンクリートの上でぐったりと意識を失っている男の顔をのぞきこんだ。

人間の方は、もともとがケチな窃盗犯だったらしい。それが狐に憑依され、スーパー窃盗犯になったのである。主に空き巣狙《ねら》いだが、会社社長宅から、有名タレント宅、さらには政治家宅まで、恐いもの知らずにここ半年ばかりで数十件、すさまじい荒稼ぎぶりだったのだ。公表はされていないが、警察幹部宅までやられたらしく、メンツを潰《つぶ》されて「早急に逮捕せよ！」の号令がかけられたという。

「それにしてもすごい。連絡を取り合っていたわけでもないのに、おたがいの位置が見えるようでしたね」

須江が感嘆したように言ったが、那智は曖昧《あいまい》に微笑んだだけで返した。

実際に那智は、瑞宇がいる方へと計算して、男を追い立てたのである。

狐狩りをする立場になり、少しばかり胸は痛い。だが、必要なことだった。

「人間の方はいただいていきますね。狐の処分はお任せしますので」

須江が静かな夜の街には浮き立つほどの明るさで言うと、近くまで呼んでいたらしい部下に気絶したままの人間の方を連行させる。

「お礼はまた、あらためまして」

と言って、須江が帰っていった。

「さて…、どうするかな?」

ふらりと那智に近づいてきた瑞宇が、つり下げられている狐をのぞきこむ。

さすがに怯《おび》えたように、ビクッ…、と狐が身を縮めた。長い茶色のしっぽはだらりと垂れ、耳もうなだれている。

十八年前――瑞宇と出会った時、自分はどんなふうにこの人を見ていたんだろう…、とふと那智は思い返す。

やはり警戒していたはずだし、恐かったはずだ。

御祓方というのは、妖祇にとってはそれだけで恐い存在でもある。

瑞宇の恐さというのを、那智は初めから知っていたようでもあり、一緒に暮らし始めて徐々にわかってきたようでもあった。恐さも、優しさも——だ。

出会った頃に比べると、瑞宇の髪には白いものが混じり始め、年相応の皺《しわ》も増えた。

那智の方はと言えば、もちろん十八年もあればずいぶん成長した。とはいえ、見かけは人間ほど大きな変化ではないようだ。

那智たち「妖祇」の成長の度合いというのは、人間たちとは少し違う。外見で言えば、おそらく三十前。二十七、八というところのようだが、人の年で数えれば、三十六になる。

そう、ちょうど半分——だった。

生まれてから、瑞宇と一緒にいた時間は。

あの時、瑞宇と会っていなければ自分がどうなっていたのか。

いや。出会うことは必然だったのだろう——。

※

※

十八年前――。

那智がいたのは生まれ育った山深い里だった。

白峰《しらみね》の里という。

隠れ里、と言っていいのだろう。もとより妖祇――狐の妖祇だった那智たちの一族は、この地で結界に守られ、文字通りに人間からは隠れ住んでいた。

長い歴史の中では、こうした山奥で人からは距離をおいて生活している妖祇たちが多かったのだが、ここ数十年の急激な開発で妖祇たちの里が失われ、居場所が減っていくにつれ、里が失われ、一族がバラバラになって、否応なく単独で人の中で暮らしている妖祇も増えている。

ある程度、きっちりと境界のあった昔と違って、そんな曖昧な距離感が「はぐれ妖祇」たちを凶暴化させている一因かもしれなかった。

しかしこの狐たちの里は、押しよせる人間社会の過疎化にさらされた山村の奥にあって、比較的静かに、ひっそりと暮らしていた。

過去の数百年、千年の昔と変わらず。

……少なくとも、那智はそう思っていた。

とはいえ、人間たちとまったく関わらずに生きていくことはできない。「妖祇」というのは、常に人の隣に暮らしているものなのだ。

めまぐるしく変化している人間社会を知る必要もあって、ここ十年ほどの間には里からも数名、人間社会で人に交じって暮らす者たちを出すようにしていた。

たまに帰ってくる彼らが里にもたらす情報と、そして過疎の村とはいえ、山の上から見下ろす近くの山村の様子が、那智にとっては――そして里に暮らす多くの妖祇たちにとっても――外界のすべてだった。

この日は、その村で三年に一度の秋の大祭が行われていた。

人間たちにとっても「奇祭」と呼ばれるめずらしい祭りらしく、その日だけは、この過疎の村も多くの観光客でにぎわっている。

「大丈夫かな…？」

木立の切れ目から眼下にそのにぎやかな光景を眺め、那智は思わずつぶやいた。

実際、いつにない雑多な人の気配が山の上まで立ち上ってきている。

村外れに構えられたいくつもの臨時駐車場には、大きな観光バスや自家用車がみっしりとつまっているし、がやがやと声高な人の声も風に乗って聞こえてくる。

「大丈夫だってっ」

それに、なかば自分を奮い立たせるみたいにして、一緒にいた冬江《ふゆえ》が答えた。

冬江は那智とは同い年の幼馴染みだった。もちろん、狐の妖祇である。那智のような白狐《びゃっこ》ではなく、黒茶といった毛並みだったが。

ただし今は二人とも、本体の狐から人に姿を変えていた。村の祭りを、こっそりと見に行くためである。祭りということもあって、二人ともあらかじめリサーチしていた浴衣《ゆかた》姿だ。

これは変化ではなく、きちんと着こんでいた。

那智はふだんから人の姿でいることも多く、浴衣や単《ひとえ》の着物はたくさん用意されていた。着慣れてもいるし、姿形でバレることはないと思う。

しかし那智にしてみれば、一度にこんなに多くの人間たちを見るのは初めてのことだ。さりげなくその中へ混じって、妖祇だと悟られないようにうまく溶けこめるかどうか、やはり心配だった。

すぐに見破られて、多くの人の前に引きずり出されて、ひどい目に遭《あ》わされるんじゃないか、とそんな恐怖が、喉元までこみ上げてくる。

自分から行きたい、と頼みこんで、なかば無理やり冬江を引っ張り出したにもかかわらず、だったけれど。

そうでなくとも、やはり遊びに来ている他の里の者に見つかるとマズイ。バレたら、あとでとんでもなく怒られることは目に見えていた。

不安な気持ちはあったけれど、でもこれがきっと、那智にとっては外に出られる最後のチャンスだったのだ。

渋ってはいたが、冬江もそれをわかっていたから、一緒に来てくれたのだろう。

縁日だけあって神社の参道から境内には多くの屋台が出ているようで、里ではめったに見かけない食べ物の香ばしい匂いも、風とともに漂ってくる。さすがに狐だけあって鼻はきくのだ。

神社ではお神楽《かぐら》が流されているようで、細くたなびくような優雅な音色とともに、人々の歓声も遠く耳に届く。

やはりそんな楽しげな雰囲気には誘われるものがあって、那智もちょっと不安を忘れ、わくわくとしてきた。

「ほら、行くぞっ」

「あ…、うん」

冬江もそうだったのか、ニッとふり返ると、ぴょんぴょんと跳ぶように勢いよく山を下っていく。

那智は手の中に収めていた小さな鈴をぎゅっと握りしめて、あわててあとを追いかけた。

やっぱり、誰かと一緒だと心強い。

だんだんと目の前の村が大きくなり、アリのようだった人の輪郭が次第にはっきりとしてくる。浴衣姿も目についたが、やはりほとんどはラフな格好の観光客のようだ。カメラを手にしている者も多くて、那智は無意識にビクッ…としてしまう。

なぜだかカメラは嫌いだった。

もちろん、人ではない存在だ。うかつに撮られるわけにはいかない、ということもある。もっとも写真に写ったからといって、影がないとか、本体が透けて写るとかいうわけではないのだが。

赤っぽい夕日が山の端に落ちかけていた。小さな村の中心を走る大通りには篝火《かがりび》が灯され、ちょうど山の麓《ふもと》にある小さな神社まで続いている。

昼間はこの大通りで、なんでも大昔からの言い伝えである「神様の使いが大蛇《だいじゃ》を退治する」というストーリー仕立ての舞楽が、村人に演じられていたらしい。クライマックスの大蛇と使者とのぶつかり合いはなかなか勇壮なものらしく、観客たちの大きな歓声は山の中まで響いていた。長老たちはその騒がしさにか顔をしかめていたようだが、那智たちは観に行きたくてうずうずしていたものだ。

なにしろ、里にはろくな娯楽もない。

たまには…、という穏健派の親心やら、よそ者が多く入り乱れるこの時期こそ、人と交わるいい経験になる、という意見もあって、変化《へんげ》のできる一定の年齢以上になると、こっそりとこの祭りに参加してよいことになっていた。

ただし、特別な場合、あるいは特別な者を除いては、と例外事項がつくのは常である。

三年前の大祭の時も、慣例的には許可してもらえる年齢に達していたにもかかわらず、那智は里から出してもらえなかった。

それは那智が、「御神子《みかみこ》」と言われる里にとって特別な存在だったからである。

狐たちの里である白峰には、双美華《ふみか》様という守り神がいる。

その側近くで生涯仕える巫女《みこ》――つまり神の花嫁は「斎王《さいおう》」と称され、尊ばれている。神のもとで、神の力を借りて里を守る役目を負うのだ。

それが、那智が五つの時に決められた運命だった。あるいは、生まれた時から決まっていたのかもしれない。

白狐として生まれた時から。

斎王に男女の別は関係なかった。ただ双美華様のお心に適《かな》った者とされ、代々、里の神官である「氏明《うじはる》」から、やはり基本的には見目のよい者が双美華様のご指名ということで宣旨《せんじ》を受けるのだ。

しかし白狐であれば、ほとんど間違いなく選ばれており、次の斎王になるべく選ばれた者が御神子と呼ばれる。

そして今年は、十二年に一度の、その代替わりの年に当たっていた。

今の斎王から、那智がその役目を引き継ぐことになるのだ。

そして斎王になってしまえば、生涯寝殿へこもり、外の世界からはいっさい切り離されて、ただ双美華様に仕えて生きることになる。

その自分の運命を、すでに那智は受け入れていた。

里を守る責務を与えられたわけで、すばらしく名誉なことでもある。

五つの時、正式に御神子として選ばれてから、那智は氏明の館に引き取られ、十八の今まで、贅沢《ぜいたく》に、何不自由なく育てられた。

難産だったらしく、母は那智を産んだ時に亡くなっており、もちろんそれは那智のせいではなかったけれど、父や他の兄弟たちからは微妙によそよそしさを感じていた。

あるいは、それは那智が白狐だったせいかもしれなかったが。

御神子に選ばれるだろうことは、その時点で推測できたはずで、いずれ家族から離れていくものと初めから割り切っていたのかもしれない。

自分たちよりずっと、身分としては高くなるのだと。特別な、自分たちとは違った存在になるのだ、と、そういう思いもあったのだろう。

幼い頃の那智にそんなことはわからなかったが、ただ言われるまま、与えられたものを受け入れるしかなかった。

神官である氏明の館で、手習いや舞いを習い、料理を覚え、古今の本を読み。茶の湯から、華道、そして香道までも教育されたのは、やはり未来の斎王として、神の伴侶《はんりょ》にふさわしく、恥ずかしくない教養が求められたということなのだろう。

もちろん、狐の妖祇としての嗜《たしな》みである変化《へんげ》の練習などもしたわけだが。

他の、同じ年頃の子供たちと遊ぶこともできず、ただやはりそれでは知識も偏るという心配があったのだろうか。広いとはいえ、ほとんど館の中で過ごすので、体力的な不安もあったのだろう。

六つの時に、同い年の冬江が遊び相手として館に連れて来られた。那智の身のまわりの世話をしてくれている女性の息子だ。

おとなしい那智とは違って闊達《かったつ》な性格で、頭もよく回る子供だった。

まわりからしっかりと教えられたのだろう、那智の立場を理解していたし、同時に那智自身の淋《さび》しさも感じてくれていた。

だから人前では、しっかりと「御神子」への礼を守った受け答えをしていたが、二人だけの時は遠慮のない、子供同士の言葉遣いだった。那智にしてみればそれがうれしかった。

信頼できる、たった一人の友達だ。

冬江はいろんな遊びを教えてくれたし、時々、こっそりと那智の部屋に泊まっては里の噂話《うわさ》だとか、里の外の、人間界の話などもよくしてくれた。

麓の村の大祭について、くわしく教えてくれたのも冬江だった。

小さい頃には、館の中で一番高いところにある物見櫓《ものみやぐら》に登って、一日中、遠くのにぎわいを飽きずに眺めていたものだ。

いつか自分もあの中に入りたい…、と思いながら。

実は三年前にも、こっそりと里を抜けて遊びに出たのだ。

が、坂道ですべって転び、頭でもぶつけたらしく、気がついた時には里の近くで気を失って倒れていた。運良く冬江が見つけてくれて、他の者には気づかれないうちに帰ることができたのだが。

実際に、もしあれがバレていたら、今日などは厳重に監視がついて、里――どころか、館からも出られなかったに違いない。いくら冬江の手引きがあったとはいえ。

そして今夜を逃せば、那智はもう二度と、里の外を見ることはできない。外の世界を、自分の足で踏みしめることはできなくなるのだ。

最後のチャンスだった。

狐たちの里からまっすぐに山を下りていくと、ちょうど神社の裏のあたりに出ることになる。奥宮の、さらに奥だ。

そこから大きくまわりこんで、那智たちはこっそりと参道の脇から人の流れに合流した。

楽しげな笑い声や、物売りの呼び込みや、子供たちが何かをねだる声や、時折響く太鼓の音――そして、あっちこっちで響いている小さな鈴の音がいっせいに耳に飛びこんで来て、その混沌《こんとん》とした気配に驚くとともに、わくわくしてくる。みんな陽気で、楽しそうで。

那智はそっと手のひらを開いて、自分も握っていた鈴を見つめた。

三つの小鈴が明るめの藍色《あいいろ》の紐でまとめられた、シンプルなものだ。振ると、しゃりん…、というような軽い音を立てる。

「なんだ、那智。おまえ、鈴なんか持ってたのか」

ひょいと横からそれをのぞきこんで、冬江が二、三度目を瞬く。

「あ…、うん」

「じゃあ、うまく交換できるといいな」

大きく笑ったのに、そうだね、と那智も微笑んで返す。

しかし正直なところ、交換したいような、したくないような、不思議な気持ちだった。

この祭りが「奇祭」と言われるのは、この「鈴替え」と呼ばれる不思議な風習のせいもあるのだろう。


祭りの夜、人々は鈴を持ち寄る。そして真夜中から一時間の間に、暗闇の中、行き会う誰かと自分の持っている鈴を相手のものと交換してもらうのだ。

その際、渡す前に八回、自分で鈴を鳴らし、受けとった相手がさらに一度、九回目を鳴らす。それが約束事だった。八と九をかけて、厄《やく》落としの意味があるらしい。

無事に交換できれば、次の祭りがあるまでの三年間はよい年になると言われていた。

いつ、どういう経緯でその風習が生まれたのかは定かでないが、この神社が「鈴白《すずしろ》神社」という名前なのと関係はあるのだろう。大昔には、「鈴代《すずしろ》」という字を当ててもいたようだ。まあ、どちらが先なのかはわからなかったが。

この鈴は、三年前の祭りの時、那智が手にしたものだった。

とはいえ、どういう状況で交換したのかはよくわからない。なにしろ、頭を打ったせいか、祭りに参加した時の記憶がすぽっと抜け落ちていたのだ。

だが、出かける前に那智が持っていた鈴と替わっていたのは確かだった。三つの小鈴ではなかったし、きれいな紐もついていなかった。

だから初め、那智はこの鈴は冬江がこっそりと交換してくれたものかと思っていたのだ。こっそりと抜け出して罰《ばち》が当たったらしい那智を、慰めるために内緒で交換してくれていたのかと。

だが、さりげなく様子をうかがってみても、さらさらそんな気配はない。

『ホント、びっくりしたよ。おまえ、あんなところでいきなりひっくり返ってるしさ』

そんなふうに目を丸くしていたくらいで。

あの夜の記憶は、本当に曖昧だった。

夜も更けてからそっと里を出て、山道を村の方へ駆け下りたことは覚えている。にぎやかなお囃子《はやし》を聞いたことも。わくわくとしながら、そっと人混みに足を踏み出したはずだった。

しかしそのあとは——そこだけぽっかりと、何かが抜け落ちているみたいで。

ただ一つだけ、ぼんやりとしたイメージがふっと、何かの拍子に浮かぶことがあった。もしかすると夢だったのかもしれないが、何度も同じ夢を見るのだ。

崖《がけ》から落ちたような——落ちるところを自分で見ているような、不思議な感覚だ。

ひどく恐ろしくて、ハッと我に返ると心臓の鼓動が激しくなっている。その夢から覚めて、汗をびっしょりとかいていることもある。

もしかしたら、あの夜、自分は本当に崖から落ちたんじゃないかという気がした。

白峰は比較的険しい山中にあり、麓までの道筋にも崖になっているところはいくつもある。そうでなくとも渓流沿いなどはすべりやすく、本体の狐であっても結構危険なのだ。しかも、あの時は雨上がりの夜だった。

しかしさすがに崖から落ちたのなら、ケガの一つもしているはずだ。打ち身もあるだろうし、覚えていないはずはない。

それが無傷だったというのは、落ちたあと、地面にたたきつけられる前に、誰かが助けてくれたんじゃないか、と。そしてその人が里の近くまで運んでくれたのではないか。

そんなふうに考えることもある。そして、その人が鈴を交換しておいてくれたんじゃないか、と。

そしてそんなことができるとすれば、おそらく双美華様だけじゃないかな、と思うのだ。

双美華様の姿を見ることができるのは斎王と氏明《うじはる》くらいだったから、もちろん今の那智にお顔などはわからない。話によると、人前に現れる時には、烏帽子《えぼし》に狩衣《かりぎぬ》の公達《きんだち》の姿をしていると言われている。端整な顔立ちの麗人らしい。

みだりに姿を見せてはいけない存在ならば、助けてくれて名乗らなかったのも、那智を里の近くまで運んだままで置いていったことの説明もつく。

そう思うとドキドキした。

ほんの数日後から、那智はこの先ずっと、その人の側で生きていくことになるのだ。

『大丈夫だよ』

髪をそっと撫でられ、やわらかな声を聞いたような気もする。夢の中の、自分の想像というだけかもしれないけど。

優しい人なのかな……。

里を守ってくれる神様だ。あるいは、厳しい面もあるのかもしれない。

自分を気に入ってくれるのだろうか……?

斎王となって具体的に何をするのかは、那智にはまだわからなかった。

双美華様の声を聞き、里の暮らしや方針を決めるのは、神官である氏明の役目だ。だから氏明は、里長よりも強い権限を持っている。

斎王はその補佐というか、媒体のようなものなのだろう。

今の斎王に話を聞こうにも、斎王は寝殿の奥にこもっていて、里の祭礼の際などに年に一、二度、遠くから姿を見せるだけだった。

代替わりまでの十二年の間で、最後の三年間、双美華様は眠りにつかれているという。だからこの三年は、斎王も姿を見せていなかった。

那智を助けてくれたのが双美華様だとすれば、眠りにつかれる直前ということになる。

代替わりの儀式は、双美華様の目覚めの儀式でもあるのだ。

ちゃんと、斎王の務めを果たせるのだろうか……。

今まで、途中で斎王の任を解かれたという話は聞いたことがない。うまくやれなかったら、里に何か災いがあるのだろうか……？

そんな不安もあって。

だからもし自分を助けてくれたのが双美華様だったら、ちょっと気持ちも落ち着く気がした。きっと、優しい人――神様なのだろうから。

そんな思いもあって、那智はその鈴をお守りのようにずっと大事にしていた。

だからせっかくのお祭りとはいえ、今夜それを交換してしまってもいいのか迷うところだったが、やはり一度くらい、ちゃんと誰かと交換してみたい気もする。

「――うわっ…と！　まずっ」

と、ふいに前で冬江が上げた小さな声に、那智はハッとした。

「何……？」

聞き返した瞬間、肩がつかまれ、くるっと身体が反対に向けられる。

「里のやつらだ」

切迫した声が耳元でささやいた。やはり遊びに来ていた里の者たちがいたらしい。

これだけ人が多ければ、雑多な気配に混じって、よほど接近するのでなければ同族だとは気づかれないだろうが、しかし人に変化した時の顔は知られている。冬江はともかく、那智は出てきているのがバレたらまずい。

しばらくそのままでやり過ごしてから、おたがいそっと肩越しに確認し、ふー…、と長い息をつく。

「アレ、買っとこう」

確認するみたいにきょろきょろとあたりを見まわした冬江が、ふと何かに目をとめて、テキパキと向かっていった。

はす向かいあたりに店を出していた、お面屋というのだろうか？　アニメのキャラクターや何かのお面を売っているところだ。

冬江が金を払って適当に二つ買うと、ほい、と一つを手渡してくる。

里の狐たちは現金など必要ないので、ほとんど手にしたことはない。だから冬江が払ったのは、古式ゆかしい木の葉のお金だ。

ふだんむやみに使うことは禁じられているが（もちろん人をだますことも、だ）、こんな祭りの日には多少大目に見られている。野外で金を払う場合にだけ。

お金はもちろん、時間がたつと木の葉にもどってしまうのだが、だいたい縁日などは木の下に店を出していて、ざっくりと適当な箱やカゴに金を放りこんでいる場合が多い。中に木の葉が混じっていてもさして不思議ではない。

昔からこの村では、そうした葉っぱを見つけた場合、「お狐様が買い物をされたんだよ」と言い習わしているらしく、事実、その通りなのである。

那智が渡されたのは、なんだかずいぶんと可愛いネコのお面だった。小さな丸い目で、頭にリボンをつけている。

――なんで狐がネコのお面……。

さすがに那智は引っかかって、眉《まゆ》をよせてしまう。

ヒヒヒッ、とおもしろそうに笑っているところをみると、どうやらわざとだったらしく、那智はじろりと冬江をにらんだ。

人にネコをかぶせておいて、自分はしっかり戦隊ヒーローなのも憎たらしい。

「行こうぜっ」

しかしとぼけたふりで、冬江がポン、と那智の肩をたたいた。

鈴替えが開始になる真夜中まで、もう少し時間はある。那智は鈴をしっかりと懐に押しこんでからお面をかぶり、にぎやかな縁日を歩き出した。

焼きそばを食べて、焼きトウモロコシを食べて、リンゴ飴《あめ》を食べて舌を真っ赤にして。射的《しゃてき》や、輪投げや、ボールすくいではしゃいで。

今まで遠く山から眺めたり、テレビで見たり――里でもテレビは見られるのだ。時間や番組は決められていたけど――していた中へ初めて飛びこむことができて、那智は夢中になっていた。

めずらしいものばかりで、目移りして。きょろきょろとあたりを見まわして、おもしろそうなものがあると、無意識にパッと近づいてしまう。

そして気がつくと、いつの間にか冬江とはぐれてしまい、那智は一人になっていた。

しまったと思ったが、まあ帰り道がわからないわけではない。おたがいに見つけられなかったら、それぞれに帰ることになるだけだ。

そうあきらめをつけて、那智は一人で歩き出した。

真夜中前になると、巫女さんたちの神楽舞いが拝殿の横の舞台で奉納され、見物人が何重にもそれを取り囲んで見物している。

那智も舞いを習っていたのでしばらく興味深く眺めていたが、絶え間なくあちこちから飛んでいる撮影のフラッシュが気になって、そっとその場を離れた。

やはりカメラが嫌な感じだ。胸がざわつく。

少し人いきれに酔った気がして、喉の渇きも覚えたのでラムネを買うと、それを手にしたまま そっと境内の中心から外れた。

過疎の村の神社で、ふだんからさほど手が行き届いているようではなかったが、敷地だけはかなり広い。というか、そのまま山へとつながっている。

まだ鈴替えもしていないし、帰るつもりはなかったが、古い崩れかけた石灯籠《いしどうろう》に腰を預けると、かぶっていたお面を頭の横の方にずらし、ラムネを開ける。しゅわっと炭酸が心地よく喉を落ちていった。

薄暗い中から、ぼんやりと明るくにぎやかな境内を眺める。

みんな楽しそうだ。縁日というだけで、わくわくするのだろう。

と、どどん！　とひときわ大きく太鼓の鳴る音がして、――真夜中の合図だった。

鈴替えの始まる時間だ。次の太鼓が鳴るまでの一時間の間に、鈴を交換するのだ。

昔は夜が明けるまでだったらしいが、さすがに今は防犯上の問題や、真夜中に騒がしいという民家の苦情もあって、神社の方で一時間に制限したらしい。

拝殿の前の広場でも、今までとは違った気配で人がざわめき始め、あ…、と気づいて那智も立ち上がった。

この一時間の間は屋台もいくぶん明かりを落とし、ライトも数を減らし、境内が少し暗くなる。はぐれた相手は、さらに探しにくくなるだろう。

冬江が心配してないかな…、とは思うが、さすがに携帯電話などは持っていないので、連絡をとることもできない。はぐれた時のために、どこどこで落ち合う、とか決めておけばよかったな、とちょっと反省する。

鈴替えをまだ迷ってはいたが、とりあえず成り行きに任せよう、と那智が一歩踏み出した時だった。

ふっと、か細い悲鳴のようなものが耳に届いて、那智はハッと振り返った。女性の声だ。

屋台の明かりがあるあたりとは逆に、闇に落ちていくような山の方。摂社《せっしゃ》だろうか、奥まった木立の間に小さな祠《ほこら》の屋根がちらりと見える。

そのあたりから聞こえたようだ。

なんだろう…？　と怪訝《けげん》に思いながら、那智がそっと近づいていくと、だんだんとその声も大きく、はっきり聞こえてくる。

初めは誰か助けを呼んでいるのかとあせったが、どうやらそうではないらしい。

しかし、普通に誰かと話しているというにも、妙なうなり声のような感じなのだ。

うかつに近づくのも危ないが、ひょっとして具合でも悪いんじゃないかな…、という気もして、那智はそっと祠の横の陰から正面をのぞきこむ。

——と。

目の前に飛びこんで来た光景が、初め何だかわからなかった。

そこそこ大きな祠の正面は、三段ほどの階段から古びた賽銭箱《さいせんばこ》らしきものが置いてある縁へと続いており、その上には、赤茶けた鈴からなかば朽ちかけた赤い紐が垂れ下がっている。

その縁から階段のあたりで、黒っぽい浴衣姿の女が男に押し倒されていた。

すでに腰のあたりまで大きく裾《すそ》がはだけられ、腿《もも》も剝き出しで、かなりあられもない状態だ。

男の方は普通の、若者らしいジーンズとブルゾンのラフな格好。もっとも、そのジーンズはすでに腰なかばまで落ちている。

それだけ見れば襲われているようでもあったが、しかしその二人のまわりには他に二人、男が立っていた。一人はかなり強力なライトを手に、服が汚れるのもかまわず縁に転がっている二人を照らし、もう一人は小さなビデオをまわしている。

「んっ…、あぁ…っ、ダメ……っ」

「着物なんだし、いらないだろ？　コレは」

含み笑いでいやらしく言いながら、のしかかっている男が甘い声を上げて身をよじる女から下着を脱がしている。

「欲しいんだろ…？　もうこんなに濡《ぬ》らしてるくせに」

さらに男が女の両足を抱え上げ、ぐぃっと腰を進めた。

「あ…んっ、あぁっ…、そんな……っ」

とたんに女の嬌声《きょうせい》が上がる。痙攣させるように身をくねらせ、両腕を男の首にまわして引きよせる。

――なに……？

意味はわからないままに――いや、おぼろげにわかっていたのだろうか。

那智はなかば呆然《ぼうぜん》と、その光景を見つめてしまった。

ドクドク…、と激しく心臓が鳴り始める。

ダメだ、と思った。こんなの見てちゃ……。

早く行かないと、とわかっているのに、目が離せない。身体が動かない。

御神子《みかみこ》である那智は、自分で慰めることを禁止されていた。神に仕える身だ。清いままでいなければならない。

とはいえ、年頃なのだ。関心がないわけはない。館の中でこっそりと逢《あ》い引《び》きしている恋人たちや、内緒で見るテレビドラマや。

――と、その時だった。

「何してるのかな？　子猫ちゃん」

ふいに、背中からポン、と肩をたたかれて、那智はヒッ！　と小さな悲鳴とともに飛び上がった。

あせって振り返ると、男が二人、にやにやと那智を見つめていた。

「おやおや。可愛い顔してノゾキなんて、いやらしい子だなぁ…」

男の一人が腕を組み、いかにも意地悪く言ったのに、那智はあわてて首をふった。

「そ…、そんなつもりじゃ…。ごめんなさい…っ」

そして急いで逃げ出そうとした――が、その腕が強引につかまれ、引きもどされる。

「おっと…、いいんだよ？　逃げなくても」

「そうそう。もっと近くでじっくりと見ていけばいい。興味あるんだろ？」

低く笑いながら、男たちは那智を引きずり、祠の方へ近づいていく。

「やっ…、やめてっ！　離してください…っ！」

思わず那智は叫んだが、とても力ではかなわなかった。

みんな二十歳過ぎ、大学生くらいだろうか。あるいは卒業したくらいか。

そんな騒ぎに、さすがに撮影していた男女が動きを止めて振り返った。

「もぉ…、何よぉ…」

女が不満げな声を上げる。

「ほら、この子がのぞいてたからさ。仲間に入れてやろうかと思って」

楽しげに言った男が、突き放すようにして那智を階段の方に押しやった。

わずかによろめいた那智は、しかしまわりを取り囲むようにされて逃げ場もなく、ただじりっと階段の横の方へあとずさる。が、すぐに背中は縁に当たってしまう。

「へー、カワイイ子だなー。すげー、美形じゃん」

ライトを持っていた男が、ことさら那智の顔に光を当てるようにして顔をのぞきこみ、那智はそのまぶしさにたまらず顔を背けた。

「色、しろーっ」

「この村の子？　高校生？　奥手そうだし、そりゃ、こんなの見たらギンギンになっちゃうよなぁ…」

下卑た男の笑い声。

「おとなしそうな顔してるけど、使ったことあるの？」

笑い声が弾ける。

しかし那智にしてみれば、とても笑うどころではなかった。

恐くて、どうしたらいいのかわからなくて、泣きそうになってくる。逃げ出したいが、逃げる場所もなく、足もすくんでしまっている。

もちろん本体に姿をもどせば、俊敏《しゅんびん》さも違う。彼らの足の間を抜け出すことはできるのかもしれないが、さすがに普通の人間の前で変化することはできなかった。

大騒ぎになって山狩りでもされたら、里の狐たちも逃げ惑うことになる。

自分の油断で、里を危険にさらすことはできなかった。

——どうしよう……？

足がガクガクと震えてくる。

「つーか、撮影、邪魔された責任はとってもらわねーとさぁ…」

にやりと男が酷薄そうな嫌な笑みを浮かべ、那智はゾッと肌が総毛立つ気がした。

「邪魔なんて……」

「あんなにかぶりつきで見てたのに？」

あわてて口走った那智だったが、あっさりと言い返される。

「男の子だろ？　やりたい盛りなんじゃねぇの？」

へらへらと笑った男にいきなり腕をつかまれ、引き倒されて、那智は短い声を上げて体勢を崩した。

「てか、このくらいカワイイ顔してんなら、ケツ、いけんじゃねぇの？」

と、背中にそんな声が落ちて、那智はなかば意味もわからないまま、背筋に冷たいものが這《は》い上がるのを覚えた。

「ほら、来なさいよ。いいこと、教えてあげるから」

がむしゃらに離れようとした那智の腕を、女の手が引きよせる。

「や、マジ、キレーな肌してんなぁ…」

感嘆したように男がつぶやいて、背中から那智の身体を押さえこんだ。

うなじのあたりにかかる息づかいが気持ち悪い。

「やめてください…っ！　お願い……っ」

那智は無我夢中で暴れたが、その間にもう一人男が加わり、強引に帯が解かれて、浴衣も半分ばかり脱がされてしまう。

「あー…、抵抗してんのもいい感じ。幼気な少年をもてあそんでるイメージで」

背中から楽しげな声が聞こえてくる。それに合わせて、ビデオがなめるように足下から這い上がってくる気配を感じる。

「うっわー…、乳首、ちっちゃっ。ピンク色っ」

「ヒロ、おまえの、その子にしゃぶらせろよ。階段の段差を使って……、――な、すげー、イイ構図じゃねぇ？」

男の指示に従って、那智の前にいた男がすでにジッパーを下ろしていた前から、自分のモノを取り出して那智の前に見せつけるようにする。

「いやだ……っ」

わずかに反応した男のモノを頬にこすりつけられ、那智はとっさに顔をそらした。

「うわっ、なんか、すげぇ…」

ライトを持った男が興奮したようにうめいて、わずかに身を屈《かが》ませる。

まばゆい光を浴びせられ、何本もの手で押さえこまれて、那智は身体がぶるぶると震えてきた。恐怖やら、気持ち悪さやらが喉元までいっぱいにせり上がってきて、今にも身体の奥から何かが飛び出しそうで――何かが切れて本体にもどってしまいそうだ。

「いや――っ！　いやっ、離して……っ！」

これまで以上に、めちゃくちゃに那智は暴れる。

「おいっ、早く黙らせろっ」

いらだったように男が声を荒らげた時だった。

「そこまでにしておいた方がいいですよ」

ふいに冷ややかな声が空気を貫くように響き、ハッと一瞬、男たちの動きが止まった。

少し遅れてそれに気づいて、那智はようやくぜいぜいと大きく息をつく。しかし状況がわからなかった。

――なに……？　誰……？

「バチが当たるぞぉ、バカどもが」

そして野太い別の声が耳に届く。

「な…、なんだよっ、あんたら……っ」

動揺した男の声。

「まったく、節操がないですねぇ。神聖な祭りの日に神聖な場所で撮影とは。しかもわざわざ手を出しちゃいけない子に」

あきれたような男の声がさらに聞こえ、那智はあわてて男たちの手を振り払って浴衣の前をかき合わせる。

そしておそるおそる肩越しに振り返ると、男が二人、立っていた。

どちらも長身だったが、わずかに低く、スレンダーな男の方と目が合う。

その一瞬、ドクッ…と身体の中で血が沸き立つような感覚があって、那智は思わず息をつめた。

恐い……くらい、まっすぐな眼差しに呑《の》みこまれそうになる。

なんだろう。音も色もない空間に吸いこまれていくような感覚だった。

男の、その切れ長の目がスッ…と横の男たちの方へ動き、ようやく那智は息を吐いた。

その男も、そしてもう一人の男も、どこか異質だった。人間……には違いないが、他の人間たちとは違う。肌をざわつかせる。

しかしそんな二人の言い草に、ビデオを持っていた男がチッと舌打ちした。

「邪魔すんなよ。あんたらにはカンケーねぇだろ？」

「あ、それとも何？　混ざりたい？」

二人が警察官とか、警備員とかいう立場ではないと察したのだろう、ちょっと余裕を取りもどしたように、男の一人がからかうような声を上げた。力ずくになったとしても人数が違う、というのも力になっているのか。

なにしろ、男の一人――さっき那智と目が合った方は、こんな村祭りの夜には浮くほどのきっちりとしたスーツ姿で、……いや、むしろ夜には溶けこむくらいのダークスーツだ。わずかに長めの髪を首のあたりでまとめているようで、知的な、物静かな雰囲気がある。どこか、ひやりとした冷たさを感じた。

その男よりわずかに背が高く、ずっと体格のいいもう一人は、短めの髪でいかにも男っぽい、精悍《せいかん》な顔立ちだった。黒のジーンズにシャツの上からハーフコートを羽織っただけで、かなりラフな印象を受ける。

二人とも、二十代後半というところだろうか。

「どうしますか、妥真《やすま》?」

スレンダーな男の方が、連れの顔も見ないままにさらりと尋ねた。

「そーだなぁ…。お仕置きが必要かな? 今後のためにもなァ…」

問われて、もう一人がのんびりとした調子で答える。

「何、ごちゃごちゃ言ってんだよっ。余計なことに首をつっこむなよ!」

ビデオを持った男がいらだったようにわめく。

「おまえら、誰を襲ってんのかわかってんのか?」

眉をよせて、妥真と呼ばれた男が尋ねている。

その言葉に那智はビクッとした。

まるで自分の正体を知っているような言い方に聞こえた。が、もちろん、そんなはずはない。

「わかってるわけないでしょう。こんな知性も、感受性のかけらもないバカな連中に」

しかし男たちが答える前に、横でもう一人がふん、と鼻を鳴らす。

かなり辛辣《しんらつ》な言葉だ。

「相変わらずキツイなァ…、瑞宇」

妥真が苦笑する。

だが男たちが反応したのは別の部分だったらしい。

「襲ってるってなんだよ。へーえ? まさか、俺たちが女を強姦《ごうかん》してるとでも思ってんの?」

ライトを手にしていた男が、にやにやといかにも意味ありげに笑った。そして威嚇《いかく》するみたいに、二人の真正面からライトの光をまともに浴びせかける。

相当にまぶしいはずだが、二人ともまったくたじろぐ様子はなかった。

男数人の中で女一人だ。確かにこの状況ならば、男たちが一人の女を輪姦《りんかん》しようとしている、と見るのが普通なのかもしれない。那智も含めて、だ。

那智にしてみれば、そんな疑いをかけられるのはたまったものではない。

しかし那智が声を上げる前に、瑞宇が無表情なまま言い放った。

「そんなビッチが何人くわえこもうが知ったことじゃありませんよ。私たちが言っているのは、その子のことです」

「普通に考えても、未成年だろ？　ヤバイんじゃねぇのか」

妥真も低く脅すように言う。

「うるさいなっ！　俺たちは仲間内で楽しくやってるだけなんだよっ」

痛い指摘だったのか、那智の横にいた男があせったように叫び、馴《な》れ馴《な》れしく那智の肩を抱きよせる。

「離して…っ！」

那智はとっさに身を引き、なんとか逃れようとしたが、やはり強引に腕がつかまれて、引きもどされる。足がもつれてすべり、階段の下で崩れるようにすわりこんでしまった。

「どう見ても嫌がってるように見えるけどな？」

妥真が淡々と言った。

「もう、さっさと行きなさいよ！　じゃないと、大声上げるわよっ？　あんたたちに襲われたってっ！」

女が顔をしかめて吐き捨てた。

「盗人猛々《ぬすっと》しいってのはこういうことだな」

「ですねぇ」

しかしそんな剣呑《けんのん》な様子にもかまわず、二人は顔を見合わせてうなずき合う。

「うっとうしいやつらだな…っ」

さすがに我慢できなくなったのか、階段にいた男が立ち上がり、めんどくさそうにずり落ちていたズボンを引き上げると、二人に向かって突き進んでいった。

「邪魔すんなって言ってんだろ！」

脅しくらいのつもりだったのだろうか。あるいは本気で殴るつもりだったのか。

男が片方――やはり体格のいい方には行きにくかったのか、瑞宇の方に乱暴に腕を伸ばした――その瞬間だった。

ふっ、と何かが光ったような気がした。ライトに照らされていたので、はっきりとしなかったが。

それだけでなく、風が一瞬、ヒュッと鳴った気がした。

そして男は腕を振り上げたまま、何かに当たったように固まっていた。そのままピクリとも動かない。

「おい…、ヒロっ?」

さすがに異変を感じたように、後ろからビデオを持った男が呼びかける。

「ヒロ！　どうしたっ?」

しかし返事はなく、何かあせったように後ろから友人の肩に手をかけた。

とたん、ヒロと呼ばれた男の身体が、何か骨が抜けたみたいに地面に崩れ落ちた。

「な……」

だらりとビデオを提げたまま、男が呆然と息を呑む。

「お…、おい！　なんだよっ!?」

混乱したように叫ぶと、あわてて地面にうずくまって男の身体を揺する。

「おまえ…、何したんだよっ!?」

しかし反応はなく、蒼白《そうはく》な顔で瑞宇を見上げた。

その声には明らかな恐怖がにじんでいる。

「別に殺しちゃいませんよ。気絶しているだけです」

それにさらりと瑞宇が答えた。

――何を……した……？

那智も目を見開いたまま、男を見つめた。

見えなかった。那智にも、だ。もしかするとライトの光がなければ見えたのかもしれないが、それにしても。

ただならない力を感じる。

「な…、なんだよ、きさまっ！」

怒りと恐怖で何かが切れたみたいに叫んだかと思うと、男が持っていたビデオを瑞宇にたたきつけるようにして投げた。

そして、おっと…、と軽くよけようとしたところに殴りかかっていく。

今度動いたのは、妥真だった。それがわかっていたように、瑞宇は避ける様子もない。

妥真の腕が横から男の拳《こぶし》を払い、次の瞬間、肘《ひじ》が男の鳩尾《みぞおち》に入る。男の身体が吹っ飛ばされ、背中から倒れた。

大柄な男だけに豪快な、しかし決して力任せではなく、ムダのない流れるような動きだ。

その妥真の動きは、那智の目でも追えた。というより、普通の体術だ。いや、普通以上ではあるのだろう。相当に鍛錬しているようだ。

さっき瑞宇がしたように、何か武器を使ったわけではない。

しかし男たちの目には、やはり何か恐ろしい力で吹っ飛ばされたように見えたのだろう。

後ろの方から女の小さな悲鳴と、息を呑むような声が聞こえ、さすがに動揺したように気配が乱れた。女があわてたように浴衣を直して腰を浮かせ、ライトを持った男の手もだらりと下がっている。

「さっさと失せろよ、ガキどもが。こいつらを連れてな」

妥真が顎《あご》で足下に倒れている二人を指して、低くぴしゃりと言うと、男たちはハッと我に返ったようにバタバタと祠から下り、引きつった顔で二人の様子を確かめながら、倒れている仲間を抱き起こした。

しっかりしろよっ！　と泣きそうな声で声をかけるが、二人とも完全に気を失っているようだ。気がつく様子もない。

仕方なく、二人ずつで身体を持ち上げて、引きずるようにしてこの場を離れていく。

その間、瑞宇は投げられたビデオを操作して、どうやら撮影されたビデオをチェックしていたようだ。

「くだらない……」

眉をよせて小さくつぶやくと、ピッ、と短い音を立てて、データを消したのだろう。

そして必死に逃げていく連中の背中から、わずかに大きく声をかけた。

「忘れ物ですよ」

それに、ビクッとしたように一人がおそるおそる振り返る。その男に向かって、瑞宇が小さなビデオを放り投げた。

震える手では受け取り損ね、足下に落としたビデオをあわてて拾い上げて、男たちの姿が消えていく。

呆然としていた那智は、ようやくハッと我に返り、しかし今さらにこの二人が何者なのか、その不安が押しよせてきた。仮にも助けてもらったとはいえ。

「さて」

と、つぶやくように言って、瑞宇がゆっくりと近づいてきた。

さっきまでは一分の隙《すき》もないくらいピシリとした格好だったと思ったが、いつの間にかネクタイが解けて首に引っかかっているだけの状態になっている。

那智は階段の下ですわりこんだまま、ビクッ…と身体を震わせた。

「あの……」

喉がカラカラに渇いていた。上目遣いにようやく震える言葉を押し出した那智に、瑞宇がくすっと喉で笑った。

「腰が抜けてるのかな?」

どこか冷たい、皮肉めいた笑みで言われ、カッ…と頬が火照《ほて》った。

反射的に男をにらみ、汚れて軋む階段の板に手をついてなんとか身体を立たせる。

「懲りないな…、君は。それとも人間の男をたぶらかすのが楽しいのかな?」

その間にもあきれたように、というか、いくぶんいらだったように言われて、那智はムッと聞き返してしまう。

「どういう意味ですか？」

まるで、前にも自分が誰かをたぶらかしたみたいな言い方だ。

初対面の男に、そんなことを言われる筋合はない。

「そのまんまの意味だよ。ああ、それとも本当に初体験、してみたかったの？」

「そんな…っ」

「そもそも隙がありすぎるね。ま、大事に育てられたようだから、こういう対処ができないのも仕方ないのかもしれないけど。それならこんなところに出てきてはダメだよ」

ビシバシと言われ、しかし半分ばかりは正論なだけに言い返せなくなる。

意地が悪い。不安なのと相まって泣きそうになったのを、唇を噛《か》んで必死に抑えこむ。

「瑞宇、あんまりいじめるな」

わずかに顔をしかめ、妥真がとりなすように言った。そして横から那智の顔をのぞきこんでくる。

「大丈夫か？」

「は、はい…。ありがとうございました」

優しく聞かれ、ちょっとホッとして、那智はようやく礼を口にできた。

「こんな祭りの日にはよそ者が多く入りこんでくるからな。気をつけないと」

「はい…。すみません」

素直にぺこっとあやまる。

そんな様子に、瑞宇がどこかおもしろくなさそうに鼻を鳴らした。

「とにかく、明るいとこに行こう」

そう言って、妥真が神社の拝殿の方に向き直った。

那智もあわてて歩き出そうとして、しかしやっぱりショックと混乱は大きかったのか、足に力が入らず、ガクッと倒れそうになる。

「……おっと」

気づいた瑞宇がとっさに腕を伸ばし、那智は抱きかかえられるように倒れこんでいた。

えっ？　と一瞬、その腕の感触に既視感を覚える。

前にも……どこかでこの腕に抱きとめられたような気がした。同じような体勢で。

思わず男の顔をじっと見上げる。

だが、そんなはずはなかった。初めて会った男だ。――しかも、優しくない。

「す…すみません…っ」

とっさにあやまり、また嫌みを言われる…、とキュッと身を固くして覚悟したが、瑞宇は、いや、と短く言っただけだった。

そしてふと気づいたように、いささか不安定な階段の手すりに軽く身体を預けるように那智を立たせると、その足下に膝《ひざ》をつき、浴衣の裾についた汚れを払ってくれた。

何気ない、なんでもないようなそんな動きに、那智はちょっと驚く。意外な気がしたのだ。

他人の足下に膝をつくような男だとは思わなかった。言動からすると、もっと傲慢《ごうまん》な、偉そうな感じがしたのに。

「ちょっと両手、上げて」

さらに小さく眉をよせてそう言うと、着崩れた那智の浴衣を手際よく直してくれる。浴衣の裾を引っ張って長さを合わせ、皺を伸ばして、緩んでいた帯をキュッと結び直す。

「ふぅん…、浴衣、用意したんだ」

小さくつぶやかれて、どういう意味だかわからなかったが、那智はうかがうようにうなずいた。

人間だと、普通にお祭りの時は浴衣じゃないいんだろうか、とちょっと心配になりながら。

それに瑞宇が小さく笑う。

「似合ってるけどね」

さらりと言われて、ちょっとどきっとした。

ほら、と立ち上がり、飛んでいた下駄を足下にそろえてくれる。

「歩ける？　おんぶしようか？」

にやっと笑っていかにもからかうように言われ、ムッと男をにらんだ那智は「歩けますっ」と反射的に返してしまう。

強気に言ったものの、自分の足ながらおそるおそる踏み出す那智に、瑞宇がスッ…とさりげなく手を伸ばしてきた。

「そうだ、妥真、手土産《てみやげ》買っていかないと」

顔は前を向いたままで、思い出したように先を行っていた男に声をかけている。

少しとまどったが、那智はそっと指を伸ばして男の手に触れる。軽くふわりとつかまれ、静かに引かれるようにして、那智は歩き出した。

安心したせいか、足も普通に動いてくれる。

素性もわからない二人だ。どこか、いわくありげな気もする。服装にしても、雰囲気にしても。……さっきの手練にしても。

それでも。

大丈夫。そんな気がした。

小さな鈴の音が、まるで鈴虫があちこちで鳴いているように、境内のいたるところから聞こえている。

と、その時、どどん！　と腹に響くような太鼓の音が大きく鳴った。

あっ、とようやく思い出した。鈴替えの時間が終わったのだ。

結局、替えられずに終わってしまった……。

「どうかしたの？」

さすがに悄然《しょうぜん》と肩を落とした那智に気づき、ふっと振り返った瑞宇が首をかしげる。

「いえ…、なんでも」

あわてて那智は首をふった。

なんか、子供っぽい、と笑われそうで。

「一人で来たのか？　家まで送った方がいいのかなー」

ざわざわと、何か緊張が切れたような気配が漂う中、人波の端のあたりに立ち止まって、妥真がなかば独《ひと》り言のように言った。

「いえ、そんな。大丈夫ですから…！」

那智はあわてて言った。

そんなことをされては困る。

「でも、一人じゃな…。さっきみたいなことがまたないとも限らねぇし」

「と、友達が一緒ですからっ」

「友達？」

「その、はぐれてしまったんですけど」

「それじゃ……」

妥真が眉をよせてうなった時だった。

遠くの方から名前が呼ばれているのに気づき、ふっと顔を向けると、鈴替えが終わって、人の流れが境内から参道へと向かう中、人をかき分けるようにして逆走してくる小さな影が見えた。冬江だ。

むこうが先に気づいていたらしい。

「那智！　おい、那智っ！　大丈夫かっ？」

あせったように声を上げ、息を弾ませて人混みから飛び出してくると、ふーっ、と大きく肩で息を切った。

「よかった――っ。あせったよ、マジ」

大きく吐き出すように言ってから、ようやく側にいる二人のうさんくさい――というと気の毒だが、やっぱり客観的には――男たちを見て、探るように尋ねてくる。

「何かあったのか？」

警戒するように二人を横目にして、さりげなく那智の前に立つようにする。

「う…ううん、別に、何にも。大丈夫」

ヘタなことを言って、心配をかけたくなかった。

そのあたりは二人も察したようで、ちらっと目配せをしてから瑞宇が澄ました調子で答えた。

「いや…、迷子になっていたようだからね」

やっぱり子供みたいな言われ方が不服で、那智は上目遣いに男をにらんでしまう。

だがそれが楽しいのか、瑞宇の目が笑っていた。

「ま、じゃ、帰りは大丈夫そうだな」

妥真が横からとってつけたように言い、ありがとうございました、と那智はとりあえず丁寧に礼を言った。

「ああ…、そうだ」

そして、じゃあ、と、那智たちが背を向けて行きかけた時、ふいに思い出したように瑞宇が声を上げた。

「これ、君のじゃないかな?」

ふっと振り返ると、瑞宇がネコのお面を指で挟み、那智に見せつけるようにして差し出してくる。

あっ、と那智は反射的に頭に手をやった。いつの間にか落としていたのだろう。

「……すみません」

首をすくめるようにして受けとった那智に、瑞宇がにやりと笑った。

「ネコに化けるとはね…。ここはお稲荷《いなり》さんじゃなかったかな?」

どこか意味ありげに言われ、一瞬、顔が強ばってしまう。横で冬江もわずかに息を呑んだのがわかった。

だが、まさか、と思い直す。しっぽも出していないし、バレるようなことはしていない。他意はないはずだ。

「そ…そうですね」

那智はなんとか愛想笑いを返した。

でもやっぱり、この瑞宇という男は意地が悪い――。

顔は笑いながらも、じろっとにらむように見上げると、瑞宇はとぼけた顔であさっての方を向いている。

妥真の方が愛想よく手をふってくれるのに頭を下げ、那智は背中に当たる視線を感じながら、冬江と一緒に歩き出した。

なんとなく二人の素性は気になったが、いずれにしても深い関わり合いができるのはまずい。

それでもしばらく行ってからそっと肩越しに振り返ってみると、やはり二人はまだその場に立ったままこちらを見つめていた。

「あの人たちって……」

――何者だろう？

「どうした？」

思わず小さくつぶやいた那智に、怪訝そうに冬江が聞き返してくる。

「なんでもない。帰ろう」

那智はもやもやを振り払うように首をふってから、きっぱりと言った。

なんにしても、もう二度と会うことのない人たちだ。

あと数日すれば代替わりの儀式があり、那智は寝殿奥深く、双美華様のもとで暮らすことになる。

生涯を捧げて。

二度と、寝殿から外へ出ることはなくなるのだ。

実際に代替わりしたあとの斎王は、本当にいっさい、表へは出なくなっていた。

いったん神の花嫁になった者は人前に姿を見せることはできない、ということのようで、斎王の役目を退いたあとも家族のもとに帰ることもなく、次の斎王の世話をしていると聞く。

里とも、もちろん人間界とも、いっさいの接触もなく。

それが那智の運命だった。

名誉な――ことなのだ。

「やー…、見つかってよかったよ。ホント、どうしようかと思った」

冬江の方は、やはり那智と合流できた安堵《あんど》の方が大きかったらしい。見知らぬ二人のことは忘れたように、ホッと大きなため息をつく。

御神子《みかみこ》を連れ出して――むしろ連れ出したのは那智の方だったけれど――そのまま置いてきた、などということになれば大問題だ。叱《しか》られる、くらいではすまされない。

今さらに那智も自分の立場を思い、何事もなかったことに冷や汗をにじませた。
冬江に申し訳ないことにならなくてよかった。もちろん、双美華様にも。
――自覚が足りないな。
と、反省する。
罰が当たったんだろうか。嫌な目にも遭って、結局鈴替えもできなかったし。
しょんぼりと思いながら、何気なく鈴を入れていた懐に手をやる。
が、入れておいたはずの鈴が、いつの間にかなくなっていた。
「え…？」
あわてて袖口《そでぐち》やら帯のあたりやら探してみるが、鈴の音さえもしない。
どこかに落としたようだった。あの騒ぎの最中か、その前か。
「ん？　どうした？」
あせった那智の様子に、冬江が首をかしげて尋ねてくる。
「えっ？　あ…、なんでもないよ」
那智はあわてて安心させるように笑って、首をふった。
――仕方がなかった。今から探しに行くこともできない。
どうせ交換もできなかったんだし……。
そう思いながらも、知らず振り返ってしまう。

大事なお守り――だったけど。

とぼとぼと足を運びながら、那智はそっとため息をついた。

やっぱり、来ちゃいけなかったのかな……。

小さく唇を噛む。

本当に最後のワガママのつもりだったけれど。

◇

◇

「……あれ、知良さん。いらしてたんですね」

ふいに背中からかけられた声に、二人はそろって肩越しに振り返った。

目の前に立っていたのは二十歳過ぎの、見かけは今時の若者といった感じだった。うまくしっぽは隠していたが。

白のデニムパンツに黒のショートブーツ。エスニック調のカーディガンに、ブルー系のストールまで首に巻いていて、ファッションには金をかけているといった雰囲気だ。こんな田舎の、素朴な村祭りには浮くほどに、だが。

髪型が、ワックスできっちりと流れをつけたウルフカットなのが笑えた。狐のくせに。しかものっぺりとした顔に似合っているかといわれると、微妙なところだ。

だが実際に、この男は今時の若者、そのものなのだ。

年齢がいくつだか知らないが、東京《とうきょう》では暢気《のんき》に大学にも通っていて、コンパに明け暮れ、いかにも人間たちの都会の生活を満喫している。

なにしろあくせく働いたり、勉強したりする必要はない。当然ながら、学術的な興味は皆無だろう。仕送りは里の親が十分にしてくれているようだし、勉強したところで人間社会で就職するわけでもない。

いや、あるいはこのまま隠れ蓑《みの》としてどこかに就職はするのかもしれないが、その場合でも何か抜け道を使うのだろう。

ある程度力のある「妖祇《あやかし》」であれば——あるいはその力を借りれば——、難しいことではなかった。

男は、大学では氏明秋彦《うじはるあきひこ》と名乗っていた。

知り合ったのは、妥真が先だった。……いや、近づいたのは、と言うべきか。

夜の街に飲みに出ていて、その筋のお兄さんたちに絡まれていたところを助けてやったのだ。

妖祇のくせにその程度もさばけないとは情けない、と思うが、秋彦はもともとさして力はないようだった。人間に化けるのが精いっぱいというところで。

それでも、やはり人界に混じっている他の妖祇を感じたり、妖屍《あやかし》を見つけたりすることはできるわけで、大学の友人たちには「霊感のある」、ちょっとおもしろい男として認知されているらしい。夏場の怪談時季には重宝されているのだろう。あるいは、その手の話が好きな女の子の間では。

実際のところ、秋彦はひどく甘く育てられたボンボンだった。あげくに、「人間界の情報を得るため」とかいう口実で、里を出て遊ばせてもらっている。

そんなことができるのも、秋彦の父親が狐たちの里の、神官の息子だからである。

白峰の里では代々の神官を「氏明」と称していたため、いつの間にかその神官を務める家系そのものをそう呼ぶようになったようだ。人に化けた秋彦がそれを名字にしたのも、そのためだろう。

そうでなければ、普通妖祇たちが人界で名字を名乗る時は、里の名を使う。この里の狐たちであれば、「白峰」だ。それでどこの者かわかることも多い。

妥真は通りすがりに秋彦を助けてやった形だったが、もちろん狐の妖祇だということはわかっていた。

秋彦の方も、さすがに妥真が普通の人間ではないと気づいたらしい。そして「知良」の名を聞いて驚き、納得したようだ。

知良が「御祓方《おはらいかた》」だというのは、人界に住む妖祇であれば知っていて当然である。神官の息子などという立場であれば、なおさらだ。

「御祓方」というのは、人間界で生きる妖祇たちにとっては、一種のお目付役というか、監察官、警察官、裁判官、さらには執行人という立場にもなる。

人に対して犯罪を犯せば、調伏されるのだ。見えない「首輪」をつけられ、力を封じられる。時によっては、式神《シキ》として使役されることもある。

そして悪くすれば――激しく力で抵抗すれば、ということだ――そのまま死滅させられることもありうる。

相対するには命がけということで、逆に言えば、御祓方が手傷を負ったり、殺されたりする場合もあるわけだが。

それだけに、妖祇たちにとってはあまり関わり合いになりたくない相手であり、逆らいたくない相手でもあるだろう。

そんな相手に助けられてしまえば、ひたすら恐縮するしかない。

もちろん御祓方としては、妖祇たちが何か悪いことをしているのでなければ、調伏する必要はないわけで、基本的には協力態勢にあると言っていい。

妖祇たちにしてみても、たとえば自分たちの里から「犯罪者」を出した場合には、御祓方に協力を仰《あお》いで一族として処分することも多い。

ともあれ、そのことで恩を売った妥真は、白峰の里で行われる斎王の代替わりの儀式を、弟の瑞宇と一緒に見学したいと頼んだのだ。

『なに、白峰に何か問題があるということじゃない。俺たちも役目を果たすために、いろんな里の習慣やら、儀式やらを見て知識として知っておきたいだけさ。いろんな里の妖祇たちと知り合う機会も多いしな』

そんな言葉で。

さすがに断りにくかったようで、秋彦は父である氏明に打診して、許可を得てくれた。それで明日から白峰の里に出向くことになっていたのだが、ちょうど時期でもあるし、その前にこの村の祭りを見ていこう、と足を運んだのである。

秋彦が山中の里まで案内してくれるということになっていたので、当然、秋彦自身も帰省していたようだ。そうでなくとも里にとっては十二年に一度の、もっとも重要な儀式である。呼びもどされることになっていたはずだった。

そして同様に、この村祭りを楽しんでいたらしい。

瑞宇たちも他に何匹か、狐が変化して混じっているのを見かけていた。

――そう。ついさっきも、だったが。

「やあ、秋彦くん。お言葉に甘えてずうずうしく来させてもらったぜ」

軽く頭を下げながら近づいてくる秋彦に、他意のない、無邪気な笑みで妥真が返した。

もともと豪放な性格の妥真は、人に馴染みやすい。妖祇相手でも、だ。するりと相手の懐に飛びこんで、心を開かせる。あるいは、勢いで押し切る。

瑞宇の方は、もうちょっと計算ずくで人に近づくタイプだった。

ただ外見でいえば、男っぽく一見、強面《こわもて》な妥真と比べて、瑞宇はものやわらかな印象を与える。人当たりも悪くはない。

当然、愛想笑いも得意である。

「この祭りも有名ですからね。一度来てみたかったんです。いい機会でした」

にっこりと笑って、瑞宇も口にした。

「そうですかぁ？　俺もちっこい頃から何度か遊びに来てましたけど、子供だましじゃないです？　やっぱり田舎ですよね、ここ」

秋彦が軽く肩をすくめるようにして言った。

ずいぶん都会の色に染まっているようだ。退屈な里と比べて、今の生活が楽しくて仕方がないのだろう。

この様子では当分、里にもどるつもりはなさそうだな…、と瑞宇は内心で鼻を鳴らした。

長男だと聞いているので、氏明の後継者のはずだが。先は里の神官となる身だ。

「じゃ、明日、お迎えに上がりますね」

ぺこっと頭を下げて、秋彦が言った。

この村に宿などはなく、瑞宇たちは近隣の大きめの市に泊まっている。

それに妥真が片手を上げた。

「ああ…、悪いな」

「お手数ですみません」

瑞宇も丁重に礼を言う。

人混みにまぎれていく男の背中は、さっき那智たちが帰ったのと方角が違う。妥真たちが宿を取っているのと同じ市に、今夜は泊まるのだろう。二人を案内する都合上、というよりは、少しでも退屈な実家に帰るのを遅らせたいということかもしれない。

それを見送りながら、瑞宇はなかば独り言のようにつぶやいた。

「……それにしても、ずいぶんと簡単に私たちの滞在を許可しましたね」

「断って、腹を探られるとよけい面倒だと思ったんだろ」

「そうですね」

妥真の言葉に、瑞宇もうなずく。そして続けた。

「あの男…、秋彦はどこまで知ってるんでしょうね？」

「どうだかなァ…。まったく知らないとは思えねぇが」

妥真が首のあたりをかきながらうめく。

確かにそうだろう。だがあまり深刻に考えている様子はなく、今の楽しい生活が長く続けばいい、というくらいの感覚しかないのかもしれない。次の神官としての自覚も、まったくないようだった。

「いい気なもんだな。さっきの子狐なんかはまったくスレてなさそうだったが、一度も里から出たことがねーんだろうな」

つい、と妥真が、那智たちの消えた反対側を顎で指して苦々しくつぶやく。

「子狐たちにはこの祭りが唯一、日常とは違う楽しみでしょうからね。……それにしてもあの子、また抜け出して来たんですね」

思い出して、瑞宇は無意識にちょっとため息をついた。それに妥真が、うん？　と顔を眺めてくる。

「知ってるのか？」

「ああ…、いえ、ちょっと」

「ちょっと、なんだ？」

めずらしく言葉を濁した瑞宇に、妥真がしつこくつっこんでくる。仕方なく瑞宇は説明した。

「三年前、私がここに立ちよった時も…、その、この祭りに下りて来てたんですよ」

しゃりん…、とふいに瑞宇の耳に鈴の音が聞こえてくる。脇を通る人のものか…、あの時の鈴の音が聞こえた気がしたのか。

「へーえ？　来てた、ねぇ…」

のっそりと腕を組み、どこか意味ありげに妥真がうなった。ちろっと瑞宇の顔をのぞきこむようにして、いかにもそれだけじゃねぇだろ？　と言わんばかりの視線で先をうながす。

「それでやっぱり、さっきみたいに絡まれてたんです」

大半をはしょって、瑞宇は端的にまとめた。

「ふーん？　で、おまえが助けてやったのか？」

「助けたというわけじゃないんですが」

瑞宇は無意識に視線をそらせた。内心で舌打ちする。

妥真が顎を撫でながら、小さく首をひねった。

「それにしちゃ、よそよそしかったな」

「暗かったですしね。私の顔は見えなかったのかもしれませんね」

ふーん…、と妥真がもう一度うなる。

それはどんな状況だ？　と問われておかしくないところなのだろう。が、さすがに長いつきあいだけに、瑞宇の歯切れの悪さに何かを感じたのか、どうやら追いこむことは勘弁してくれたらしい。

代わりに、喉の奥でクッ…、と笑う。

「なんですか？」

どこかうさんくさく、瑞宇はちらっと横目に兄を見上げた。

「いや…、だからか、と思ってさ」

「何がです？」

「結構、しつこくいじめてたから」

意味がわからず、怪訝に瑞宇は眉をよせる。——というか。

「別にいじめたりしてませんよ」

ただちょっと…、確かにイラっとはしたが。

あんな目に遭っておきながら、また同じようなことを繰り返す学習能力のなさに。

「おまえ、気に入った子はいじめるタイプだもんな」

しかし瑞宇の言葉など耳から抜かして、妥真がにやにやと笑った。

「嫌われるぞー」

「かまいませんよ、別に。こちらでの用が終われば、二度と会うこともないでしょうし。別に好かれる必要もありませんしね」

ふん、と瑞宇は鼻を鳴らした。

「知良の評判を落とされると困るんだがなぁ」

「わかりましたよ」

と、瑞宇は肩をすくめるようにして言った。

「むこうで会うことがあったら優しくします」

「つーか、相当な別嬪《べつぴん》さんじゃないか？」

にやっと、どこか意味ありげに妥真が言って、軽く肘で腕をつっついてくる。

「そうですね」

瑞宇はまったく関心がないようにさらりと返した。

確かに、以前会った時よりもぐっと成長し、きれいになっていた。可愛らしい蕾《つぼみ》から、美しい花が開くみたいに。

「むしろあなたの方が危ないんじゃないですか？　私はあなたと違って、カワイイ子を見かけるたびにちょっかいをかけてるわけじゃありませんから」

瑞宇は思い出したように解けたままだったネクタイを結び直しながら、あえて淡々と言ってやった。

「ひでぇな…。それだと俺が結構な節操なしみたいじゃねぇか」

「おや、そう聞こえませんでしたか？」

むっつりとうなった妥真に、瑞宇は白々しく聞き返してやる。

実際、学生時代から妥真は周囲に人気のある男だった。

男女を問わず友人は多く、ただその友人たちを自分の家の事情に巻きこむことを避けたかったようで、特定の相手とつるむということは少なかった。

あるいはぱっと見では、女の子の目を惹《ひ》くのは自分の方なのかもしれない。穏やかで、知的で、物静かな雰囲気。しかし同年代の女性に対して愛想を振りまく趣味もなかったので、取っつきは悪かったはずだ。

その点妥真は、一見がさつで乱暴そうだが、愛嬌はあるし、情も深い。人の相談事などにも、きちんと耳を傾けてやっていた。……瑞宇などは、他人のことは話半分、といった感じだったが。

子供の頃は今よりももっと厭世的《えんせい》というか、なんで知良の家なんかに生まれたんだろう、という理不尽な思いもあって、他人のことを突き放すように見ていた。跋扈《ばっこ》する妖屍たちへの対処のめんどくささ、さらには物理的な危険に比べれば、個人のつまらない悩みだ、と。

可愛くない子供だったのだろう。

そしてそのまま、大人になった感じだった。昔と比べると、処世術はかなり身につけてはいたが。

「おまえは女嫌いだからなー。女の子、カワイイのに」

妥真がやれやれ…、というように肩をすくめる。

「別に女嫌いというわけじゃありませんよ。男でも女でも、成長のないバカは嫌いですけどね」

辛辣な口調に、おいおい…、と妥真が苦笑する。

「さっきの子はそんなにバカには見えなかったけどな?」

肩をすくめただけで、瑞宇はそれには答えなかった。

「あー、そうだ、手土産がいるんだっけか」

妥真もそれ以上はつっこまず、ふいに思い出したように眉をよせる。

「明日、買ってく時間があるかな？　何、持ってきゃいいんだ？」

「お狐様なら油揚げでしょうかね、やっぱり。近くに有名な店があったと思いますけど」

小さく首をかしげて、瑞宇は答えた。そしてにっこりと微笑む。

「せいぜい印象よくして行きますよ」

「おまえ、その笑顔さー…」

どこかげっそりしたように、妥真がうめいた。

よほどうさんくさかったのだろうか。瑞宇としては、甲子園《こうしえん》のグラウンドに立つ野球少年くらいさわやかな笑顔のつもりだったのだが。

「いつからそんな外面がよくなったのかなー。お兄ちゃん、恐いわー」

妥真が大げさに天を仰ぐ。

……ずいぶんな言われようだ。

じろり、と妥真をにらみ、帰りますよ、と冷淡にうながした。

鈴替えの時間を過ぎ、境内に残っている客も少なくなっていた。いくつかの屋台は店じまいを始めている。

石段を降りる手前で、瑞宇はちらっと拝殿の後ろにそびえる山を見上げた。

祭りを楽しんだ狐たちも、自分たちの里へ帰っていく頃だろう。

あの子は……三年前のことを覚えていなかったのだろうか？　あるいは、本当に自分の顔を見ていなかったのか。

『あの…っ、お願いできますか？』

この境内で、暗闇の中、勢いこむように声をかけてきた。

明かりは落とされ、月もなかば雲に隠れていて、確かに目の前に立っていても顔ははっきりとしなかっただろうが。

狐だというのはすぐにわかったが、瑞宇はつきあってやった。鈴替えに来たわけではなかったが、ちょうど鈴も持っていた。

あの子が真剣な表情で八回鳴らして、はい、と瑞宇に渡してきた。瑞宇はそれを受けとってうれしそうにそれを受けとって、一度、しゃりん…、と鳴らしてから、あっ、と気がついたように声を上げたのだ。

一度鳴らし、今度は自分の鈴を八回鳴らして那智に手渡す。

『三つも…、鈴がついてるんですね？　すごい。いいことが三倍ある気がします』

うれしそうに声を弾ませて言って、ありがとうございました、とぺこりと頭を下げて帰っていった。

あのあとのことは――。

もう忘れているのであれば、瑞宇としても強いて思い出させる必要はなかった。あの子にとって、決していい思い出ではない。

ただ、すべてを忘れているのだとしたら……自分だけが覚えていることが、少しばかり腹が立つ。

それとも、あえて覚えていないふりで、とぼけていただけだろうか？

だとしたら、たいした狐だ。——まったく、文字通りに。

◇

◇

「今日はお客様がお見えになる。大切な客人だから、おまえにもしっかりと挨拶《あいさつ》をしてもらうよ。用意をしておきなさい」

この日の朝、めずらしく那智《なち》のいる部屋までやって来た氏明《うじはる》が、せかせかとあわただしい様子でそう告げていった。

ゆうべはふだんより布団に入ったのが遅かったせいで、いくぶん眠気が残っていたのだが、それを悟られないように那智はことさら深く頭を下げて、はい、とおとなしく答えた。

客って誰だろう…？

と、あくびを嚙《か》み殺しつつ思いながら。

こんな山深い里にあらたまった客が来ることなどめったにない。まあ、ごく稀《まれ》に、全国にいる狐の一族の使いが、集会などの連絡事項で立ちよったりするくらいだろうか。

またそんな使いが来るのかな、と思いながら、那智は朝食を終え、着物に着替えると、茶室の準備を整えていた。

「大事な客人」の場合はたいてい、茶室でもてなすことになる。

「お、那智。お茶の稽古《けいこ》か？」

掛け軸を選び、庭から竜胆《りんどう》の花を一輪切って生けていると、冬江《ふゆえ》がひょいと顔をのぞかせて声をかけてきた。

基本的に冬江は里の家族と暮らしているのだが、母親が住み込みで働いているのでこの館にもよく出入りしている。公認の、那智の遊び相手としてやってくるようになってからは、母親の部屋に泊まっていくことも多い。

氏明の館は広いわりに使用人が少なく、ひっそりとして淋《さび》しい気もするが、那智はもう慣れていた。

それだけに、夜に抜け出してもわからないのだ。夕食を終え（それも給仕の者がつくだけで、たいてい一人だ）、風呂を終えて自分の部屋にもどると、あとは寝るしかなくて。

なので、時々、冬江に一緒に泊まってもらったり、誘われてこっそりとテレビのある部屋に忍びこんでいろんな番組を見たりしていた。

里の者たちと会うための表と、氏明たちが暮らす奥と、さらに那智が暮らす離れと、そして双美華《ふみか》様や斎王《さいおう》が住まう、さらに奥の神殿。もっとも双美華様は暮らしている、というより、神様なので、時々降りてくる、という感じなのだろうか。よくわからない。

他にも氏明の神官としての仕事の場やら、使用人の部屋やらと、いろんな用途や形式に分かれているこの館は、時代劇の大名屋敷みたいに相当に入り組んでいる。

しかし幼い頃の那智は他にすることもなくて、結構館の中を探検してまわっていたので、だいたいの場所は知っていたし――立ち入ってはいけない奥の神殿以外は、だ――屋根裏の細い抜け道なども、把握していた。

ゆうべは見つからないようにこっそりと祭りから帰ってきたあと、冬江も母親のところに泊まったようだ。

「あ、おはよう」

馴染《なじ》んだ声に振り返って、那智は返す。

「あっ、じゃあ茶菓子があるな」

那智のお茶の稽古の時には、時々客の役を振られることもあり、苦いお茶はともかく、茶菓子のお相伴《しょうばん》にあずかるのを楽しみにしているらしい。

ほくほくとしたようににんまりと口元を緩めた冬江に、那智は首をふって言った。

「ダメだよ。今日は稽古じゃなくて、お客様が来るみたいだから」

「客？　ああ、だから母さん、客室の準備をしてたのか」

冬江が思い出したようにつぶやいた。

「そうなの？」

泊まりなのか…、とちょっと意外に思う。めずらしい。

それにしても、すぐに――しあさってから代替わりの儀式に入ることになる。そんな時にあわただしいな…、という気がしたが、考えてみればそれに合わせて来た客人なのかもしれない。

立会人が必要なのだろうか？　前回の代替わりは十二年前なわけで、那智もよく覚えてはいなかったが。

「めずらしいよなー」

冬江もそれを感じるらしく、ふーん、となる。

「じゃ、俺、いったん帰るわ。氏明様に見つかったら、すぐに追い出されそうだし」

肩をすくめるようにして、冬江が言った。

実のところ、氏明は冬江が那智とあまり親しくしすぎることにいい顔はしていない。遊び相手は必要だが、よけいなことを教えすぎる、と思っているらしい。

那智はいずれ――もうすぐに、だ――斎王になる身だし、できるだけ世俗から切り離しておきたいのかもしれない。

しかし冬江にしても、子狐の頃からこの館には出入りしているので、「こっそりと」と館へ入りこむのも慣れたものだった。

「えっと…、じゃ、夜にまた来るから。その客のこと、教えてくれよ」

そう言って、パチン、と那智と手のひらを合わせたあと、廊下からそのまま庭へとすべり降りた。

いつもと同じ明るい声だったが、どこか作ったようなぎこちなさを感じる。ふだんの二人の挨拶になっている手のひらタッチのあと、一瞬、ぎゅっと力をこめて握られたような気がした。

もうすぐ……儀式が終わると、那智は同じこの館でも神殿の奥で暮らすようになり、二度と会えなくなる、というのがわかっているのだろう。

あるいは那智が祈る姿などを、遠くから冬江が見ることはできるのかもしれないが、言葉を交わすことはできない。

儀式のあと、那智は自分のすべてを捧げて双美華様に仕えることになるのだ。

あと三日――。

わかっていたことだが、すぐ間近まで来ているその時に、那智は思わずため息をついた。

村の祭りが終われば、本当にすぐだ。

本当は、喜んで待つべき日なのだろうけど。でもやっぱり淋しい。

沈んだ気持ちを振り払うように首をふり、那智は茶碗や他の道具もきちんとそろえると、指示されていた時間に合わせ、釜《かま》の水を沸かしておく。

いらっしゃったようですよ、と菓子を運んできてくれた者に告げられて、ちょっと待つのにダレていた那智も、しゃきっと背筋を伸ばした。

独立して作られた茶室ではなく、館の端の、庭に面した一室に炉が切られていた。

露地代わりに庭から氏明に案内されて客が入ってきたようで、半分障子を開けた向こうから男の話し声が次第にはっきりと聞こえてくる。

「まずは一服、どうぞこちらでおくつろぎください」

いつになく丁重な氏明の声が耳に届く。

この里では里長以上に――つまり誰よりも力を持つ氏明だ。こんなふうに腰が低いことはめずらしい。

つまりそれだけ大切な客だということなのだろう。那智もさすがに緊張してくる。

「おいそがしいところ、押しかけまして申し訳ありません」

落ち着いた男の声。ふっと、どこかで聞いたような気もした。

「いえ、知良《ちいら》の方のお役目もありますからな。田舎のことですので、たいしたおもてなしもできませんが。――那智、お客様がお見えだよ」

氏明がわずかに大きく声をかけると同時に、障子の向こうに影が映り、するり、と目の前がさらに大きく開いた。

相手の姿が見えないうちに、那智はスッ…、と両手をついて頭を下げる。

「ようこそ、おいでくださいました」

「お茶ですか…。堅苦しいのはどうも」

困ったように低く返す男の声。こちらも妙に聞き覚えがある。

「不調法で申し訳ないですね」

最初の男の声。

客は二人だと聞いていた。

「いえいえ、どうかお気楽に。足は崩されていて結構ですよ」

誰だったかな…？　前にも来た人だっけ……？

と頭の中で考えている間にも、氏明が愛想よく二人を座敷へと導いている。

畳を踏み、目の前にすわる気配を確認してから、那智はそっと身体を起こした。

瞬間、あっ、と声が出そうになる。

目の前にすわっていたのは——ゆうべ会った、助けてもらった男たちだ。瑞宇《ずいう》、と、妥真《やすま》と言っただろうか。

うん？　と正客の座にすわった男が目を瞬《またた》き、隣の男も、おや…、と小さくつぶやく。

そんな二人の様子に、脇《わき》へ腰を下ろした氏明がわずかに眉《まゆ》をよせて尋ねた。

「何か?」

もちろん氏明にしてみれば、この二人が那智のことなど知っているはずもない。知っていてはおかしいのだ。

思わず顔を強ばらせた那智は、あわててふるふるっと首を小さくふった。必死の眼差しで、「言わないでっ」と訴える。

なんとかその思いが通じたのか、いや…、と妥真が咳《せき》払いをし、瑞宇の方はおっとりと微笑《ほほえ》んだ。

「美人さん…、いや、美狐さんですね。ご子息ですか?」

くすっと口元で笑って那智を見た目がちょっと意地悪く瞬き、その白々しい言い方に那智は小さく唇を噛む。

「いえ、那智は御神子《みかみこ》ですのでね。子供の頃からこちらで育てております。……お茶を差し上げなさい」

氏明にうながされ、那智はちょっとあわてて釜の蓋《ふた》に手を伸ばしたが、指先が釜の端に当たってしまって、反射的に「あつっ…」と声を上げてしまった。

「那智?」

めずらしい失態に、氏明が少し驚いたように、そして叱《しか》るように声を上げた。

「し…失礼いたしました」

あわててあやまるとそっと息をつき、あらためて用意していた茶碗に湯を入れて、まず茶筅《ちゃせん》とおしをする。その湯を建水《けんすい》に捨て、茶巾《ちゃきん》で碗《わん》を清めると茶杓《ちゃしゃく》を手にとった。

そのタイミングで菓子を勧め、茶碗にお茶を入れると、お湯を注いでお茶を点《た》てる。

手が覚えている所作を進めていくと、ようやく気持ちも落ち着いてきた。ちらっと客の二人の様子をうかがう余裕も出てくる。

「那智、おまえも知っていると思うが、このお二人は知良の方々だよ。今回の儀式に立ち会っていただけるということでね」

――知良……。

その名前は、なんとか頭の隅で引っかかった。確か人間の「御祓方《おはらいかた》」の一つだ。

「知良妥真さんと、瑞宇さん。ご兄弟だそうだよ」

続けて紹介され、那智は軽く頭を下げた。

兄弟……なんだ。

ちょっと驚く。おたがいに名前で呼び合っていたから、友人関係かと思っていた。

今日は二人ともにスーツ姿だったが、兄らしい妥真の方はやはり少しばかり喉元《のどもと》を緩めており、弟の瑞宇の方は今日もきっちりとしていた。正座した姿勢もきれいだ。妥真の方は、初めから胡座《あぐら》だったが。

どうぞ、とまず妥真の方に碗を正面向けてきっちりと出した。

「ああ…、いただきます」

妥真がわずかに姿勢を伸ばして、茶碗に手を伸ばした。

正式な茶会というわけでもないので、その間にも穏やかな会話は続いている。

「御神子……というと、次の斎王ということですか」

瑞宇が氏明に尋ねている。

「ええ、そういうことです。神に選ばれて生まれてきた子ですよ」

「儀式の主役というわけですね」

「いえ、あくまで里の守り神である双美華様が主体ですよ。双美華様へのお祭りの中で、十二年に一度、付随的に代替わりの儀式が行われるわけですので」

そんな氏明の説明に、二人が神妙にうなずいている。

「ではこちらの那智さんは、生まれた時から御神子ということですか…。そういうお立場なら、秋彦《あきひこ》さんのように自由に外へ遊びに行くことなどはできませんね」

その言い方はどこか意味ありげに聞こえて、那智は思わず瑞宇をにらむ。

何が言いたいんだっ、と内心でうめいた。

「うまいですね。茶がわかるほど嗜《たしな》んではいませんが、優しい味がしますよ」

にこっと笑った妥真が気さくな様子で言って、茶碗を返してくる。

那智はそれに軽く頭を下げた。

やっぱり、この妥真という男は見かけは少し恐そうだがいい人に思える。

逆に弟の瑞宇は、見かけがきっちりとしているわりに、どこか意地が悪い――気がするのだ。

「いや、秋彦はそれが役目ですからまた別ですが…、そうですねえ。里から外へは出しておりませんよ。不自由でしょうが仕方がありませんね。神の伴侶《はんりょ》になる身ですから、ケガや何か問題があっても困りますし」

氏明が瑞宇の言葉に返している。

「なるほど。うかつに誰かの手垢《てあか》がつくわけにはいきませんしね」

いかにも軽く、朗らかに言った瑞宇の言葉は、明らかにゆうべのことの当てこすりだ。しかも那智が無断で外へ出たということが、これで瑞宇たちにははっきりしたわけだった。

「とんでもないことですよ。いやいや…、そんなことになったら双美華様のお怒りに触れることになりますからね」

いくぶん声を上げた氏明に、那智は柄杓《ひしゃく》で湯をすくいながら、ちょっと手が震えてしまう。

背中にじっとりと冷や汗がにじんだ。

わざわざそんなことを確認するのが憎たらしい。

――やなやつ……。

ちょっと恨めしい目で瑞宇を見上げてしまう。

それに気づいたらしい瑞宇だったが、涼しい顔で微笑んできた。そして白々しく褒《ほ》め称えてくる。

「箱入りのお狐様というわけですね。お点前《てまえ》も見事ですし、なるほど、双美華様にふさわしい巫女《みこ》様のようですね」

……こっちが何も言えないと思ってっ。

むっつりとしながら、那智は棗《なつめ》から茶杓でお茶をすくって、いささか乱暴に茶碗に放りこんだ。

「その儀式の時ですが、俺たちも双美華様のご尊顔を拝見できますかね？」

「いや、それは」

妥真が尋ねたのに、いくぶん硬い調子できっぱりと氏明が答えた。

「双美華様に拝謁《はいえつ》できるのは、斎王と代々の氏明のみとなっておりますからな。みだりに人前にお姿を見せることはなさいませんよ」

「ほう…、では氏明殿はお姿を見ておられるということですね？」

瑞宇が聞く。

うなずきながら、氏明が答えた。

「神々しいお姿ですよ。むろん、私も年に一度、お声を聞く時に、御簾《みす》越しに拝見するだけでございますがね」

「声を聞くと言われると？」

「この里を守り、反映させていくためにいかにしたらよいか、ということですな。里の方針をおうかがいするのです。結界を補強し、里の者の命を守り、食べ物に不自由させず、豊かな生活ができるように」

「確かに、このお館もずいぶんと立派なものだ。お力の強い神様のようですねえ」

落ち着いた声で言った氏明に、妥真が庭や向こうの家屋を眺めやって顎《あご》を撫《な》でる。

「どのような経緯でこちらの里に来られた神様なのでしょう?」

再び瑞宇が尋ねた。

「さて。それは昔語りになりますからな。私も父からの役目を受け継いだだけですしね。伝えられた文書もございますが、……ご覧になりますかな?」

「ええ、ぜひ」

答えた瑞宇の前に、どうぞ、と那智は茶碗を出した。

「ありがとうございます。頂戴《ちょうだい》します」

細かい泡が立った茶碗をすくい上げるようにして手にとり、瑞宇が口元に運ぶ。

じっと見つめる那智の目に、男の喉がわずかに動くのが映り——一瞬、ビクッと手が震えたのがわかった。

やった、という気がして、思わず小さく拳《こぶし》を握る。

瑞宇の茶碗に、抹茶を普通の三倍くらい放りこんでやったのだ。

さすがに驚いただろう、と思うと、知らず口元が笑ってしまう。

一瞬、口から離したものの、それでも瑞宇は最後まで飲みきって、スッ…、と茶碗を返してきた。

「大変結構なお点前ですね」

いかにも嫌みたっぷりに——那智にしか通じなかっただろうが——にっこりと微笑んだ瑞宇に、お粗末様です、と那智も負けずに微笑んで返す。

が、次の瞬間、自分の方が弱い立場だったことを思い出した。

告げ口されるかな…、とちょっとビクビクしたが、瑞宇は何も言わなかった。

「それでは、客室に案内させましょう。しばらくごゆっくりされてください」

氏明にうながされて二人が茶室を出て行くのを、那智は頭を下げて見送った。

が、顔を上げた瞬間、一番遅れて立ち上がった瑞宇が、その拍子に手にしていたハンカチを落とした。

——あるいはわざと、だったのだろうか。

目の前に落ちたハンカチを拾い、差し出した那智に、ありがとう、と穏やかに言って、瑞宇がわずかに身をかがめてそれを受けとる。

瞬間。

ハンカチと一緒に軽く指が握られ、瑞宇が小さくささやいた。

「バラされたくなかったら、あとで私のところにおいで」
那智は思わず目を見張った。
しかしハッと我に返った時には、瑞宇は手を離して廊下に出ていた。
障子に映る三人の影が消え、那智はホッ…と息をついた。
——まずい……。
さすがに冷や汗が出てしまう。
調子に乗ってやり過ぎたらしい。怒った——のだろうか？
しかしどうやら、二人は儀式に立ち会うようだった。
知良の「御祓方」。
那智も名前や役目は知っていたが、その実体を理解しているわけではない。
人間に害をなす妖祇《あやかし》を捕まえて調伏《ちょうぶく》する人たち、ということくらいで。
——まさか、自分が調伏されるわけじゃないだろうけど。
里を抜け出したことは問題だが、人間に悪さをしたわけではない。
……それは確かに、木の葉のお金を使ったりはしたけど。
でもそれはイタズラの範囲というか、狐の伝統芸みたいなものだ。
自分に何の用があるのか、見当もつかない。
だが、行かないわけにはいかなかった。

この夜は、那智も呼ばれて客人や氏明たちと夕食をともにした。氏明の息子、秋彦も帰っていて、同席していた。どうやら知良の二人とも知り合いらしい。ずいぶんと派手派手しい格好で、ちょっと驚く。

「へー…、那智か…。ずいぶんきれいになったんだなぁ。まぁ、御神子だし、あたりまえか」

ちょっと目を丸くして、そんなふうに言われる。

秋彦は、ここ数年はずっと人間界で暮らしていた。里に帰ってくることはほとんどなく、氏明の方から時々息子を訪ねているようだった。

一度行くと数日は帰ってこないので、その間、申し訳なくも、那智はのびのびとした気分になる。氏明は四六時中口うるさいというわけではなく、那智に対しては御神子という以上に関心があるようではなかったが、やはり堅苦しくはあるのだ。

規律には厳しく、館の者への指導も徹底している。

食事のあとは酒が出され、那智は舞いなども披露させられた。体《てい》のいい接待係だが、いつもは客が来てもせいぜい最初の挨拶程度だったので、やはりかなり気を遣っている、ということなのかもしれない。

どういうつもりなのか…、と、食事の間もこっそりと那智は瑞宇の様子をうかがってみたが、瑞宇の方は素知らぬふりで、何かを言ってくることはなかった。

ただお開きになった時、ちらっと那智を見た眼差しは、「わかってるよね？」と念を押しているようでもある。

じろっとその男をにらんだ那智だったが、とりあえず夕食後に部屋へ引き取ってから風呂に入り、世話係の者も下がって一人になったあと、そっと部屋を抜け出した。

館中が寝静まっている、というほど真夜中ではないが、もともと屋敷の大きさに比べると人は少ない。客人が来た時に泊まる部屋も、だいたいわかっている。

那智の暮らしている離れからは、庭を挟んだ反対側。庭を突っ切ったら一番早そうだったが、池や築山《つきやま》なども配された、結構入り組んだ庭だったので、ぐるっと館の中をまわることにする。

普通に廊下を通っても大丈夫かな…、とは思ったが、ふだんとは違って客人がいるということは、館の者たちの動きもふだんとは違う可能性がある。

用心して、那智は屋根裏を行くことにした。

狐の姿にもどり、自分の部屋から天井裏へ駆け上がると、本当に迷路のように入り組んだ梁《はり》へ上がりこむ。薄暗い中、時折、隙間《すきま》から下をのぞいて場所を確認しつつ、客間のある方向へ走っていく。

外へ抜け出す道筋とか、館の中でもテレビのある部屋とか、冬江の母親の部屋とか、わかっている場所だと迷わないのだが、さすがに客室に行くのは初めてだ。

それでもようやく、このあたりかな…、というところに出ると、天井裏の板をそっとずらして中をのぞきこんだ。

客室は母屋《おもや》の端にある続き部屋で、畳間のリビングと、ベッドの入った和洋室の寝室がつながっていた。リビングを真ん中に挟んで、寝室がそれぞれ両側についている形だ。

どっちが瑞宇の部屋だろう…？

ちょっと考えこんでいると、ちょうどリビングに使用人が二人、大きなトレイを手にやってきた。まだ若い…、といっても、那智よりも少し上くらいの、二人の娘だ。果物の盛り合わせと、水差しやら、コーヒーなどの飲み物を運んで来たらしい。

よろしいでしょうか？　とかけられた声に、奥の寝室から瑞宇がゆっくりと姿を見せた。浴衣《ゆかた》姿で、タオルを肩にかけているところをみると、風呂上がりなのかもしれない。庭に面した側には客室用の風呂もあったはずだ。

「お手数をおかけして申し訳ありません。どうか、お気遣いなく」

にっこりと丁重に対応した男に、ちょっと恥ずかしそうに二人は、いえ…、と小さく答えて、トレイをサイドテーブルにきっちり置くと、そそくさと帰っていく。

里の者にとって、——特に若い娘にとっては、外の男に会う機会などめったにないのだ。それだけに憧《あこが》れもあるらしい。

性格は悪そうなのに、外面はいいんだな…、と那智は内心でむっつりと思う。

妥真の方が出てくる様子はなく、気配も感じられないので、どうやら部屋にはいないようだった。

那智は息を殺したまま、しばらくじっと、瑞宇の様子を観察した。

一筋縄ではいきそうにない男だし、どういうつもりなのかもわからない。

のんびりとした動作で瑞宇は水差しの水をグラスに半分ばかり注ぎ、一気に飲み干す。それからもう一杯グラスに水を入れると、果物に添えてあった小皿一枚とナイフだけをとり、それらを持って寝室へともどっていった。

どうしようかな…、と那智は迷った。

あの男の思い通りにのこのこ訪ねてやるのもしゃくに障るが、しかし告げ口されると困る。

決心がつかないまま、那智はそっと天井裏を隣の部屋まで移動した。やはり隅の板をちょっとだけずらし、こっそりと中をのぞきこむ。

フローリングの床にベッドが置かれ、すぐ脇に畳の小間がついている。その真ん中の楕円《だえん》の座卓に、瑞宇が皿にナイフをのせて置くと、おもむろにクローゼットを開けて、中から小ぶりな手提げバッグを引っぱり出した。

——何してるんだろう……？

なんとなくあやしげな気がする。

もしかして、なんか悪い企みがあって里に来たんじゃないだろうか……？

そう思うと、ドキドキしてきた。

畳の上で瑞宇がバッグを開く。と、中は銀色で覆われていて、どうやら保冷バッグというものらしい、と思い出した。傷みやすい生ものとかを入れておくやつだ。

なんだろう…？　とますます疑惑を募らせていると、瑞宇は中からパックされた茶色っぽい包みを取り出した。正方形の、手のひらを覆うくらいの大きさだ。

あっ、と那智は思わず目が吸いよせられる。

——あれは、まさか……。

瞬きもせずにじっと見つめていると、瑞宇は何気ない様子でパックを破り、中のものを取り出して皿にのせた。

どう見てもそれは……油揚げ、だ。かなり大きいし、厚みもある。

思わず、ごくり、と唾《つば》を飲みこんでしまう。無意識にしっぽがパタパタ揺れる。

もちろん油揚げは、例外なく、狐たちの大好物である。ネコにマタタビ、みたいなもので。

——なんでそんなもの……？

それはもちろん、人間だって油揚げくらい食べるだろう。

しかしわざわざこんなところで？　と思う。

狐の里にわざわざ油揚げを持ってきて、それをこれ見よがしに——ではないが——、こっそりと一人で食べるなんて、よっぽど性格が悪いとしか言いようがない。

瑞宇は皿にのせた油揚げに、スッ、スッ、と手際よくナイフを入れ、一口サイズくらいに切り分けた。そうしてから、ゆったりと座椅子に身体《からだ》を伸ばす。首に引っかけたままだったタオルの端で、指についた油分を拭《ぬぐ》う。

そして。

「下りておいで」

静かに——誰に言うともなく言われて、那智は飛び上がりそうになった。実際に全身の毛が一瞬、逆立ってしまった。

全身を硬直させて息を止め、目は見開いたまま、そらすこともできずに、ただじっと男の頭を見つめた。

——まさか……私に言ったんじゃない、はず……。

ドクドク…と激しく心臓が鳴るのを感じながら、那智は必死にそう願う。

しかし、部屋には他に誰もいないのだ。

そしてふっと男の頭が動いたかと思うと、まっすぐに、細い隙間を抜けて、その視線が那智を捉《とら》えていた。

瞬間、那智は凍りついてしまった。

逃げることも、動くことさえできない。

そんな様子を感じたのか、瑞宇がくすくすと笑った。

「取って食ったりしないから。ほら、お土産《みやげ》、あげるよ」

言いながら、瑞宇がテーブルの皿を取って那智がいる天井の下に差し出してくる。

ふわっとおいしそうな匂《にお》いが漂ってきて、知らずピクッ…と身体が動く。

いや、でも、油揚げで釣られたと思われるのは屈辱だ。

……そ、それは好物だけどっ。

心と身体で、感情と理性が葛藤《かっとう》している間に、瑞宇は皿をテーブルにもどした。

そしてちらっと斜め上に那智の方を見てから、皿に手を伸ばし、一切れ、自分の口の中に放りこむ。

「あっ…」

反射的に声が出て、しまった、とうろたえる。

完全にバレてしまっただろう。……まあ、もともとバレてはいたんだろうけど。

それでもうだうだと迷っていた那智に、そんな声が聞こえてくる。

「ほら、早く来ないと、全部食べてしまうよ」

そして瑞宇が再び皿に手を伸ばしたのが見えた瞬間、那智は我慢できずに飛び出してしまっていた。

ガタッ…、と天井の板をはねのけるようにして、とんっ、と身軽に畳の上に下り立つ。

「おや…、白狐《びゃっこ》だったのか」

ちょっと驚いたように、瑞宇が目を瞬いた。

うっかりと下りてきてしまったものの、那智は油断せず、じっと男をにらむようにして見つめた。しかし、にらんでいても始まらない。

『私にどんなご用ですか……？』

そっと息を吸いこんで、ちらちらと横の油揚げを見ながら、那智はうかがうように尋ねた。

バラされたくなかったら、と男は言った。

つまり交換条件があるということだろう。

「そうそう。お土産をあげようと思ってね」

にっこりと笑い、瑞宇がぬけぬけと言った。

「氏明殿にも差し上げたんだけどね…、何箱か。夕食に出るかと思ったけど、出なかったみたいだし、……一人で食べるつもりかな？」

そして不思議そうに――もしかすると、見せかけかもしれないが――首をひねる。

那智もちょっと難しく眉をよせてしまった。

神官という立場なら、そんなものをもらったら、少なくとも館の人間と分けてもよさそうなものなのに。本当は里のみんなにも、だ。

それとも儀式の前だから何かに使うんだろうか？　双美華様にお供えするとか？　双美華様

も油揚げ、お好きなのかな。

そんなことを考えながら、那智はとりあえず状況を確認した。

『妥真さんはいないんですか？』

「妥真は氏明殿に古文書を見せてもらってるよ。こちらの神様…、ええと、双美華様の伝来についてのね」

やっぱり二人だけということで、思わずじりっと後退《あとずさ》ってしまう。

「……そんなに怯《おび》えられるのは心外だな」

瑞宇がわざとらしいため息とともに、肩をすくめてみせる。そしてちらっと那智を横目にして、意味ありげに微笑んだ。

「つまり、今なら氏明殿は妥真に足止めされているから、ここに来たりしないということだよ。君の部屋に様子を見に行ったりもね」

そうだ。逆に言えば、そういうことだ。

あ…、と那智は小さくつぶやいた。

「だから君がここでお土産を食べてもバレたりしないから」

くすっと笑われ、ちょっと頬が熱くなるのを感じた。

『べ…別に、私は食いしん坊じゃありませんっ。ただ…、その、めったに食べられないし』

言い訳しながらも、最後の方が小声になってしまう。

「うん。これは、そのままでも十分においしいよ？　おいで」

　座卓にすわり直した瑞宇に手招かれ、その前の皿を見つめ、那智はじりじりと近づいた。

　くんくん…、と鼻をよせ匂いを嗅《か》ぐ。ふわりと豊かな、甘い匂いだ。何か、引っ張られそうな気持ちになる。しっぽがパタパタと揺れてしまう。

「こらこら、お行儀が悪いよ」

　思わず皿に口をよせそうになって、いきなり瑞宇からダメ出しされた。

　あっ、と我に返って顔が赤くなる。

「人の姿に変われないの？」

『今変わると…、その、着るものがないですから』

　那智はふだんも人の姿でいることが多く、服も一緒に変化させるのがあまり得意ではなかったのだ。

「ほう…、そそられるね」

　……スケベ。

　にやりと笑った男を、那智は白い目でにらむ。

「まあ…、それでは仕方がないな」

　こほっと咳払いをし、ちょっと難しい顔で言われて、一瞬、着替えてこようか、と思ってしまう。

が、次の瞬間――。

『あっ…』

いきなり伸びてきた男の手に首根っこがつかまれたかと思うと、軽々と男の膝《ひざ》の上に抱きかかえられていた。

『ちょっ…、なに……っ？』

那智はあせって手足――前足と後ろ足をバタつかせたが、瑞宇が手際よくそれを押さえこむ。

さらにあせって振り払おうと暴れまくった那智の耳に、ふいに、しゃりん…、と涼やかな鈴の音が聞こえた。ハッと、反射的に動きが止まる。

聞き覚えのある音。自分が持っていた鈴の音に似ていた。小鈴が三つ重なって鳴る、独特な鳴り方なのだ。

「これ、ゆうべ落としていっただろう？」

言いながら、動きが止まった左の前足が持ち上げられ、ふさふさした毛に巻きつけるようにして鈴のついた紐《ひも》が結ばれる。

『どうして……？』

前足を持ち上げて鈴をマジマジと眺め、那智は思わず肩越しに振り返る。

「ん？　拾ったからね」

こともなげに言うと、瑞宇は何気ないように手を伸ばし、油揚げを一切れ摘《つま》み上げた。

「ほら。あーんしてごらん？」

楽しげにうながされ、那智は真っ赤になった。……が、油揚げの誘惑にはあらがえない。

黙ったまま小さく口を開けると、瑞宇がその尖《とが》った口の中にするりと落とし込むようにして入れてくれる。

噛んだ瞬間、さくっとした表面の食感のあと、やわらかく厚めの豆腐の歯ごたえがあり、じゅわっ、と中から旨味《うまみ》が沁《し》みだしてくる。香ばしい大豆の香りが口の中いっぱいに広がった。

おいしくて、しっぽがどうしようもなくパタパタ揺れる。

「くすぐったいな…」

背中で瑞宇が低く笑う。しっぽの先が喉元をくすぐるようだ。

引きよせるように腕がまわされて、あっ、と思ったものの、二切れ目を鼻先に見せられて、知らず抵抗が止まってしまう。

「ほら、あーん」

楽しげに言いながら、もう片方の指で耳の間からつけ根をこするように撫でられ、その心地よさと香りのよさに、無意識に口が開いてしまう。やっぱりほっぺたが落ちるくらいおいしい。

「ふわふわだねえ…。この時期だと毛が生え替わったばかりかな」

瑞宇が指先にやわらかな毛を絡ませながら、なかば独り言のようにつぶやく。

なんだかちょっと恥ずかしくて、那智は男の膝の上でもぞもぞと動いてしまう。

それに気づいたように、瑞宇が三つ目をくれた。そして結局、残りを全部食べてしまう。

——うん。案外、いい人、なのかな……？

現金にもそんなことを思いながら。

ここに来た——呼ばれた理由も忘れ、お腹もいっぱいになって満足し、那智は無意識に膝の上で丸くなる。

手慰みのように頭から身体、そして長いしっぽまで指先で撫でられ、気持ちよくてとろとろしてしまう。

しゃりん…、と小さく鳴る鈴の音も耳に優しい。

でも…、どうして瑞宇はこれが自分のだとわかったのだろう？

あの祠《ほこら》のあたりで見つけたとしても、那智のだとは言えないはずだ。あの襲ってきた連中の誰かが持っていたのかもしれないし。それ以前に、誰かが落としたとも考えられるのに。

鈴替えのお祭りなのだから、神社にいた人間はたいてい持っている。

「さて…、そろそろ本題に入ろうか？」

なかば眠りに落ちそうになっていた那智は、その声でピクッ、と頭を動かした。

——本題……？

そっと盗み見るように顔を上げると、瑞宇がにやりと、例の意地の悪い笑みで見下ろしていた。

「苦いお茶を飲まされた礼もしないとねえ…」

いかにも意味ありげに言われ、ヒッ、と一瞬、那智は毛を逆立ててしまう。

あわてて飛び逃げようとしたが、さすがは御祓方だ。

タンッ、と座卓を蹴ってくるっと一回転した那智の後ろ足が素早くつかまれ、とっさにもう片方の足で蹴り飛ばそうとした瞬間、逆に放り投げられて、体勢が一気に崩れる。

あっ、と思った時には、すくい上げるように胴体が引きよせられ、あっさりと男の腕の中に落ちていた。

「子狐に逃げられるほど、御祓方は甘くはないよ」

くすっと笑われ、那智は小さく唇を噛む。

『こ…、こんなことをしてっ、ただですむと思っているのですかっ？　わ…私は御神子ですよっ!?』

どうしようもなくわめいた那智に、男は鼻で笑った。

「本当に御神子様ならば、まさか儀式の直前に里を抜け出して村祭りに遊びに行ったりはしないと思いますが？　この館の中でおとなしく、おしとやかに時を待っているはずですよねえ」

ねちねちと言われて、ぐうの音も出ない。

――やっぱり嫌なヤツだ……っ。

那智は涙目で男をにらみ、認識を塗り直す。

油揚げのお土産も、きっと自分を油断させるためだったのだ。

「私がゆうべのことを氏明殿に伝えたら、どうなるんでしょうかね？」

うーん、といやらしく考えこむようなふりで、瑞宇が尋ねてきた。

那智は黙りこんだまま答えない。

「どうなります？」

いささか強く聞きながら、男の指が那智のしっぽのつけ根をクリクリっ、ときつくもむようにしてこすった。

『ひぁぁ……っ！』

とたん、身体の芯を走った得体の知れない疼《うず》きに、那智は身体を跳ね上げた。

——なに……？

どくん、どくん…、と身体の芯で何かが脈打ち始める。

「どうなるの？」

優しげな声で重ねて尋ねられ、しかしその冷酷な眼差しにゾクリ…とする。

『た…多分…、儀式が始まるまで、ずっと閉じこめられる……』

小さな声で答えた那智に、ふーむ、と瑞宇が低くうなった。

「それは嫌だよねえ？」

にっこりと聞かれて、那智は視線をそらせないまま、小さくうなずいた。

儀式が終われば、神殿から出られなくなるのだ。

せめてそれまでは——自由でいたい。もう少し。

知らず涙がにじんでくる。

「おやおや……」

瑞宇がわずかに目を見張って、つぶやいた。そしてクスッと笑う。

「泣き顔を見ると、よけいいじめたくなるね」

『な…っ』

そんな言葉に、那智は反射的に逃げようともがいたが、やはりまったく身動きとれない。

観念してだらりと垂れたしっぽが、ビクビクと震えてしまう。

『は…離して……ください……』

「だーめー」

小さな声で、必死に泣くのを我慢して頼んでみるが、あっさりと蹴られる。

ヒクッ、と那智はしゃくり上げた。

そんな那智を眺めて、瑞宇が楽しげに微笑んだ。

「ゆうべのことは黙っておいてあげるよ。その代わり」

——その、代わり……?

思わず息をつめて次の言葉を待つ那智の喉元を、冷たい指で愛撫《あいぶ》し、耳のあたりまでくすぐるように撫で上げる。

　気持ちがいいのと、恐いのと、わけのわからない感覚に那智は身をよじる。

「明日一日、私と遊んでくれるかな？」

『あ……遊ぶ……？』

　意味がわからなかった。

「君に選択肢はないな」

　しかしさらに男の指先が喉元から腹のあたりを撫でていって、那智は身体の奥からじりじりと湧《わ》き上がってくる感覚に身体をのたうたせた。

「明日…、朝ご飯が終わったら部屋に誘いに行くから。待っておいで」

『あぁ…っ』

　軽く耳を噛むようにしてそっとささやかれ、那智はただうなずくことしかできなかった。

◇　　　◇

　妥真が部屋にもどってきたのは、那智がお土産を持って帰ったあと、半時間ほどがたった頃だった。

「ああ…、お疲れ」

リビングでのんびりとコーヒーを飲んでいた瑞宇は、いささかくたびれた顔で入ってきた兄に声をかける。

「あー…、マジ、頭、疲れたわ」

ガシガシと頭をかきながら、妥真がだらりと向かいのソファに身体を投げだした。

「そんな、たいした時間でもないでしょうに」

立ち上がりながら、瑞宇は苦笑する。そして、サイドテーブルに用意されていたポットのコーヒーを新しいカップに注ぎながら尋ねた。

「やはり持ち出しは許可されませんでしたか?」

それに、ダメダメ、というように、妥真が手を無造作にふる。

「ああいうのは、ホントはおまえが見た方がわかるだろうがなぁ…」

「私はお客さんを待たないといけませんでしたからね」

澄ました顔で言った瑞宇に、妥真がふーん、という顔をする。

「あの可愛い子狐か」

「白狐でしたよ。しっぽの長いきれいな子です。手触りもなかなか」

「ほう…、手触りな」

瑞宇の言葉に、妥真が意味深に口の中で繰り返した。

……失言だった。

瑞宇は何でもないような顔をしながらも、こほっと咳払いをする。

妥真がわずかに鼻を鳴らして続けた。

「だったら、双美華様はお喜びだな。白狐がことのほか、お気に入りだそうだ」

「そうなんですか？」

コーヒーを注いだカップを兄の前に置きながら、瑞宇はちょっと眉をよせる。

「白狐が生まれたら、無条件で御神子になるようだからな。ま、同世代に二匹、生まれない限りはだろうが。白狐がいない時は、年頃の中から見目よいのが選ばれるようだ」

礼を言うようにわずかに顎を引いて、瑞宇がカップに手を伸ばしながら続けた。

つまり、那智は生まれた時から神に捧げられるべく運命づけられていた、ということだ。

他の生き方を許されず。

「白狐が斎王についた時には双美華様のご機嫌がよろしく、里には富と幸と平和がもたらされる。……と、記録には残っているようだな」

そんな妥真の言葉に、瑞宇は知らず顔をしかめた。

「神様がえり好みしちゃいけないと思いますけどねえ…」

「神様だって好みはあるだろうさ。八百万《やおよろず》の神々はみんながみんな、清廉潔白《せいれんけっぱく》とは言いがたい」

向かいのソファに腰を下ろしながらつぶやいた瑞宇に、妥真があっさりと言った。そして肘《ひじ》掛《か》けに頬杖《ほおづえ》をついて、どこか意味ありげに瑞宇を横目にしてくる。

「またいじめてないだろうな?」

「まさか。ちゃんとお土産もあげたんですよ?」

「油揚げか…。釣ったんじゃないのか?」

とぼけたように答えた瑞宇に、妥真がいかにも疑わしげな眼差しを向けてきた。

「いやいや…、そんな」

瑞宇は微笑んでさらりと返したが、信じていないように妥真が肩をすくめる。

「それで、どうでした?」

那智のことはともかく、瑞宇は本題へもどした。

妥真が氏明に見せてもらった古文書だ。確かに妥真が言うように、その手のものは瑞宇が見た方が何かわかったのかもしれないが。

兄弟の家である「知良」も古くから、神社の宮司を務める家系だ。虫の食ったような古文書も多く伝わっている。

妥真が知良の惣領《そうりよう》であり、伝来や由来についてしっかりと学ばなければならない立場ではあったが、書を読むのは昔から瑞宇の方が熱心だった。

「ああ…、さすがに堂々と見せるだけあって、本物らしくは見えたけどな。紙がやっぱり新しい気がする」

妥真が額に皺《しわ》をよせて言ったのに、瑞宇は軽く顎を撫でた。

「最近になって造られたもの、というわけですか」

こんな時のために、抜け目なく準備をしていたわけだ。

「伝来によると、双美華様がこの地に降り立ったのは八百年ほど昔のことらしいな。大きな嵐に飛ばされて、怪我《けが》をしてこの里に落ちたところを里の者が手厚く介抱した。それから、里の守り神になった、と」

「もっともらしい伝来ですね。ありがちというか」

瑞宇は素っ気ないコメントを出す。

「御知花《みちか》様の話だと…、――あー…、せいぜい二百年ばかり昔ってことだったかな?」

妥真が曖昧《あいまい》に口の中で転がした言葉に、そうですね、と瑞宇もうなずく。

御知花様、というのは、代々知良の家が宮司を務めている「御知花神社」の祭神である。

千年の昔には人界に災いをもたらした魔物の龍だったのだが、知良の祖先に調伏され、神社に祀られている。いわゆる祟《たた》り神だ。

とはいえ、今では毒気も抜けて、のんびりと、というか、まったりと、というか、過ごしておられるようである。……人間たちのドタバタ騒ぎを横目にしながら、だろうが。

気が向いた時には知良の人間と話すこともあり、この「白峰《しらみね》の里」の守り神と言われる双美華様について情報をくれたのも、たまたまだった。

もしかしたら、知ってるヤツかもしれないな——と。

四家ある御祓方の中では、定期的に「人界で妖祇《あやかし》たちが引き起こしているらしい事件」についての申し送りがまわってくる。頭の隅にとどめておいて、もしそれらしい妖祇を見つけたら調伏するように、ということだ。

その中で一つ、瑞宇が引っかかった事件があった。数年前から時折起こっている、強盗事件、および強盗殺人事件だ。

金のありそうな個人宅、あるいは会社事務所から、ほとんど力業《ちからわざ》で現金が強奪されていた。金庫の鍵《かぎ》をなんとかして開けるということではなく、力ずくで壊されている場合がほとんどで、うっかり出くわした家人や警備員が殺害されている。侵入や手口などはまちまちだったので、警察では個別の事案と見ているようだったが、同じ匂い、というか、爪痕《つめあと》というのか、そんなものが感じられ、御祓方では妖祇が関わっているのではないか、と疑っていた。

ここ二十年ばかりで五十件ほど。あるいはその前から起こっていたのかもしれないが、気づいて数えられ始めたのがそのくらいということだ。

瑞宇がまだ幼い頃、もしくは生まれる前からのことなので、詳細については申し送りにある資料を読むしかなかったが、妙な規則性に気づいた。

ぽっかりと、事件がない年があるのだ。三年間。

その空白の三年間のあと、また事件が頻発している。

それが気になって、「三年」をキーワードに引っかかる妖祇の里をいろいろと当たってみた中に、この白峰の里もあった。鈴替えの村祭りである。

三年前には見物がてら、一人でふらっと立ちよってみたのだ。

ただその時は、念のため、というくらいの気持ちだった。

三年ごとの祭りであれば、三年ごとに何かの関連が出てくるはずだ。しかしその強盗事件は、少なくとも七年以上続いたあと、三年間ぽっかりと空き、再び――その時点では九年も続いていた。

そして不思議なことに、その三年前から再び、ぱたっと事件は起こらなくなった。

その時点で、瑞宇は一つの仮説を立ててみた。

つまりこれは、十二年が単位なのではないのか？　と。

十二年の中で三年間だけ、何かの事情で姿を消しているのだ。

事件の途絶えているこの三年間、これだけにかかり切りになれるほどヒマでもなかったが、折に触れて瑞宇は調べていた。

そしてこの白峰の里では十二年に一度、斎王の代替わりの儀式があると聞き、さらにその守り神である双美華様は、儀式の前の三年間、眠りについている、ということを突き止めたのだ。

その眠っている期間は、事件の起きていない三年間とぴったりと重なる。

関わりがある、と確信した。

ならば、眠りについている今のうちに何とかしなければならない。神様だけに、目覚めさせてしまうとやっかいなことになるのは間違いない。

さすがに相手がただの妖祇ではなく、神様だということになれば、瑞宇一人の手には余る。

それで、瑞宇は兄の妥真を招集したのだ。

妥真はこの間まで、全国を放浪していた。もともとが一つところにじっとしておれず、自分で動きまわるのが好きな性格でもあるのだろうが、このところ日本中で妖祇たちの動きが活発になっていて、それを調べてまわっていたのである。

そして呼びもどした妥真に、実家の御知花神社で事件の概要を説明している時、盗み聞きしていたらしい御知花様がふいに口を挟んできたのだ。……まあ、盗み聞きといっても、神社の中であればどこにいても耳に入るのだろうが。

『双美華ならば、かつて私と争ったことがあるぞ』

御知花様のご機嫌がよろしいうちにくわしく話を聞くと、どうやら双美華は御知花様とは親戚筋にあたる魔物らしい。もっとも気質は合わず、千年の昔に衝突して御知花様が勝利し、どこかの山中に封じ込めたようだ。

『二百年ほどまえの土砂崩れで封印が解けたとか、風の便りに聞いた気もするが、私の前に現れるでもなかったからな。放っておいたのだ』

――ということらしい。

八百万の神々がおわす日の本では、神も魔物も紙一重である。

魔物であっても改心して、おとなしく守り神をやっているのであれば別段、問題はない。強い守りがなければ、妖祇にとっては生きにくい世の中だ。人里に近ければ、それだけ強力な結界も必要になる。

いちいち御祓方が首をつっこむようなことではないのだが、強盗殺人という生臭いことになると話は別だ。

とはいえ、「神」が直接現金を奪ってどうこうということは、あまり耳にしたことがなかった。そんな世俗の贅沢《ぜいたく》とは無縁のところに、生きている存在だ。

金を望むのは人間――か、人間社会に毒された妖祇だろう。

そのあたりから周辺を深く調べ始め、氏明の息子が人界の大学へ通っていることを突き止めて、偶然を装って近づいたのである。

父の氏明も、月に数日は「息子との連絡のため」という名目で里を下り、人間界へ出向いている。

が、瑞宇が調べたところでは、氏明は人界に高級マンションを所有しており、なんと愛人まで囲っていた。もちろん人間の、だ。愛人にしてみれば、自分の「旦那」が狐の妖怪だとは思ってもいないだろうが。

問題は、その金がどこから来たのか――だ。

田舎の村祭りくらいならともかく、まさか都会で木の葉の紙幣を使えるほど、今の人間界は甘くない。ＡＴＭは通らないし、窓口経由にしても、銀行の中で万札が数百枚も木の葉に変わっていたりすれば大騒ぎになってしまう。

「しかし、双美華様とやらが氏明のために金を集めてきてやる理由はわかりませんね。まさか神様が何か弱みを握られているというわけでもないでしょうに」

ちょっと考えこんだ瑞宇は、無意識につぶやくように口にしていた。

「そうだな…、双美華様を里でかくまっている代わりに、というところかもしれないが」

妥真もちょっと難しい顔でこめかみのあたりをかく。自分でも確信していない口調だ。

普通に考えれば、「妖祇」より「神」、あるいは「魔物」の方が力関係で言えば強い。

「昔、御知花様に負わされたキズが治りきっていないんでしょうかね…？　それで御知花様に見つからないように隠れているのに、氏明の力を借りているとか？」

「あー、それはあるかもしれんな」

ふむ、と妥真がうなずく。

魔物ならば、せこせこと強盗などしなくとも一気に大金を強奪することはできるだろう。銀行なり襲えば。

ただそうなると、御祓方の目をいっせいに引きつけることは間違いない。それを避けるために、細かい仕事を重ねている可能性はあった。あるいは怪我が治りきっていないので、その程度の暴れ方しかできないのかもしれない。

——だとすれば。

「やっぱり調伏するのなら、今でしょうね。神を相手に調伏などとおこがましいですが」

大変そうだな…、とさすがに感じるものがあり、ため息混じりに言った瑞宇に、妥真がうなずく。

「ま、ご先祖は御知花様を封じたわけだからな。子孫としちゃ、やらないわけにはいかねぇだろ」

豪快に言いながらも、いくぶん緊張が感じられる口調だ。

「やっぱり眠っている間に片をつけたいところですね。卑怯《ひきょう》なやり方ですけど」

「神様相手に人間風情が手段は選べねぇさ」

瑞宇の言葉に、妥真が肩をすくめた。

まあ、御知花様に言わせると、

『神などとこざかしい。あんな小者』

らしいが。しかし人の身にしてみれば、大変な相手であるには違いなかった。

仮にうまく双美華様を調伏できたとして、氏明たちの処遇も問題になる。

おそらくは、里の大多数の狐たちは慎ましやかに生きているはずで、事件のことなど寝耳に水だろう。氏明たちも調伏したとすると、そのあとで事の次第を説明し、混乱の収拾は里の狐に任せることになる。

——とすると。

「里長は知っているんでしょうかね…？　双美華様の正体を」

「どうかな。この里では権力は氏明に集中しているようだからな」

妥真がずるずるとコーヒーをすすりながら、眉をよせた。

「確かに、この豪勢な館を見てもそうですけどね…」

里長などは、里の中の小さな一軒家に暮らしているらしい。ずいぶんな差だ。

「それだけ、双美華様に里の守りを依存しているということかもしれませんね」

だとすると、やっかいだ。

瑞宇は無意識に顔をしかめた。

双美華様を調伏してしまうと、この里がどうなるのか。もし結界を維持できなければ、人間たちの侵入を許し、白峰の一族は里を追われることになる。

ただでさえ、妖祇たちの生きられる場所は少なくなっているのに。

「里長には明日にでも一度、会っておくか。まだ事情を話すわけにはいかないだろうが」

難しい顔で頭をかきながら言ってから、どっちが行く？　と妥真が視線だけで尋ねてくる。

「お願いします。私は明日は、先約がありますから」

片手を上げてあえてさらりと言った瑞宇に、ふーん？　と妥真がいかにもなイントネーションと眼差しでうなった。

誰と、とは聞かなかったが、察しているのだろう。

「あの子に近づくのも情報収集の一つでしょう？　御神子なのですし、双美華様について何か知っていることがあるかもしれませんから」

思わずムキになるように口走ってから、言い訳じみている、と自分で気づいて、思わず舌打ちした。

むっつりと口をつぐんだ瑞宇に、ふーん？　ともう一度、妥真がうなる。にやにやと口元が笑っていた。

「気に入ってるわけだ？」

「そういうわけではありませんが…、後味が悪いでしょう？　もし、あの子に何かあったら。一度助けているわけですしね」

言いながらも、いつになく歯切れが悪い。

瑞宇にしてはめずらしいことだった。ふだんならば、どんなことに対しても毒舌なくらいに切れ味のいい物言いをする。

だが、気に入っている、というよりは、気になっている、という感じだろうか。

ゆうべ助けたことで、というより、三年前の――。

そういえば、あの時のことを確かめるつもりだったが、うっかり忘れていた。

明日は少し探ってみよう、と心にとめる。

……まあ実際、あの初心《うぶ》な子狐をいじめるのがちょっと楽しいのは確かだ。

おとなしく、清楚《せいそ》な雰囲気で、しかし実際には気も強いのだろう。涙目で、必死に言い返してこようとするのが妙にイタズラ心をくすぐられる。あしらって、さらにいじめて、泣かせたくなる。

タチが悪い、と自分でも思うが。

そんなことを考えながら、瑞宇はふと浮かんだことを口にした。

「双美華様より先に…、氏明たちを押さえるわけにはいかないでしょうか？」

その方が面倒がなさそうな気もする。

「証拠がないからな。里の連中の反感を買うだけだろう」

しかしあっさりと返され、正論なだけにうなずくしかない。

「あの子は…、那智つったっけ？　どうなるんだろうな？　双美華様がいなくなったら」

何気ないように言われ、瑞宇はとっさに言葉に詰まった。

実際のところ、瑞宇が答えを持っているわけではない。妥真だってわかっているはずで、「私に聞かれても答えようがありませんよ」くらいのことはいつもなら冷淡に返せただろうが、なぜかその言葉も口から出なかった。

「御神子ってのは、仕える神様あっての御神子だからな。その神様がいなくなれば、あの子の運命はがらっと変わる」

そう。確かに那智の運命は変わるだろう。今まで信じていたものが、突然、目の前から失われる。

だがそれは――。

「自由になれるということじゃないですか?」

素っ気ない口調で瑞宇は言った。視線は手元のカップに注いだまま。

「そうだな。だがいきなり放り出されるということでもある。御神子として扱われていた者が、今から他の者に馴染むのは大変だろう。それに、白狐は目立つからな。うっかり人間に見つかったりすると、剝製《はくせい》になるかもしれんぞ?」

嫌がらせみたいに妥真が言った。

「あの子だって妖祇なんですから、変化《へんげ》くらいできるでしょう」

相手にしないように、むっつりと瑞宇は答える。

「教育はしっかりされているようだし、おまえが式祁《シキ》として引き取ってもいいんじゃないのか?」

妥真がさらりと言った。意味ありげということでもなく、ただ静かに。

しかし瑞宇は肩をすくめて淡々と返した。

「私は式祁を持つ気はありませんよ。他人の生き方にまで責任は持てませんからね。それにあの子だって、人間界で暮らしたいかどうか。仲間といる方が幸せでしょう」

「ま、そうだがな。ただ俺としてはなんとなく…、縁がある気がするんだが」

瑞宇は眉をよせて思わず妥真を見た。

「……どうしてです？」

「だから、なんとなく」

とぼけるように、妥真は答えた。しかし本当にとぼけているわけでもなく、そんな気がするということのようにも聞こえる。

「おまえがめずらしく、興味を持っているからかな？」

そんなふうに言った妥真に、瑞宇は小さく鼻を鳴らしただけで答えなかった。

◇　　　◇

翌朝、目が覚めて、那智はちょっとあせった。

狐の姿のままで寝てしまっていたのだ。寝る時はできるだけ人の姿で寝るようにしなさい、と言われていたのだけれど。

どうやら双美華様に仕える時には、ほとんど人の姿でいることになるらしい。その練習だということだった。

ゆうべ…、あの男の部屋から帰ってきて、頭の中がぐちゃぐちゃのまま布団に飛びこんで寝てしまった。

なんだかドキドキして、顔が火照っているみたいで。

誰かの人の膝に抱き上げられるようなことは初めてだった。あんなふうに毛を撫でてもらったのも。

すぐに亡くなった母にも、父にも、距離をとられていた他の家族にも、抱きしめられた記憶はなかった。まるで触れてはいけない存在のように。まわりの子供たちも、そして大人も、みんな遠巻きに自分を見るだけだった。

それがあたりまえのようにも思っていた。

自分には特別な役目があるのだから、仕方がないのだ――と。

やはり淋しくはあったけれど。

不思議な、甘い感覚だった。瑞宇の膝の上や、腕の中や。指の感触。

気持ちよくて、ふわふわして。でも身体の奥からズクズクと疼くような、ジタバタしたくなるような感覚もこみ上げてきて。

……油揚げもおいしかったし。今まで食べた中で一番。
だけど、よく考えてみたら脅されたのだ。
恐いのか、優しいのか、よくわからない男だった。
『私と遊んでくれるかな？』
そう言われたことを思い出す。
遊ぶ……って、どういう意味だろう？
ようやく落ち着いて考えてみる。
文字通りの意味、とは、到底思えない。
いい大人の男なのだ。子供のするような遊びをしたいはずもなく、……つまり。
大人の遊び――ってことだろうか？
ハッと思いつくと、それだけでカッ…、と頬が熱くなった。
あわてて、バタバタっと首をふる。
それはない。というか、それはダメだ。
自分は御神子《みかみこ》なのだ。双美華様に仕える巫女《みこ》。そんなことはしてはいけない。
――朝ご飯を終わったら来る、……って言ってたんだっけ？
とたんに落ち着かなくなった。
来られても困る。そんなふうに勝手に会うことなど、氏明様も許さないだろう。

きっぱり言わなきゃ…、と思う。

でも、それで里を抜け出して祭りに行ったことをバラされたら、やっぱり氏明様には怒られるのだ。

ハァ…、と那智は肩を落とした。大きなため息がこぼれ落ちる。

もうすぐ儀式だ。あと二日。あさって。

もう…、自分の自由になる時間など、ほとんどないはずだった。

それまでにしたいことはしておかないと、と思う。冬江にもお別れを言わないといけないんだな…、と気がついた。

淋しかった。不安だった。

斎王になったら……どうなるんだろう？

神殿の奥で、双美華様以外の誰とも話さずに暮らしていくのだろうか？

もちろん今の斎王や、それまで斎王だった人たちも暮らしているはずだけど。だけどその人たちは、役目を終えたあとも神殿を出てくることはない。

ずっと死ぬまで、双美華様に仕えて生きていくんだろうな…、とぼんやり思った。

幸せなのだろうけど、やっぱり少し、恐い。

思い出して、むっくりと起き上がった布団の上から視線を漂わせると、足下の方に保冷バッグが放り出されたままだった。お土産にあと一つ、油揚げのパックをもらって、那智はそれを首に引っかけたまま帰ってきたのだ。

――あれ…？

そしてふと前足に目をやって、那智はちょっと首をかしげた。

ゆうべ返してもらった鈴。

確かに那智が落としたのと同じ、三つ小鈴がついたやつだったけれど、……どこか、違う気がする。妙に違和感があるのだ。

なんだろう…？　としばらくじっと見つめて、あ…、と思いついた。

紐の色がきれいになっているのだ。

以前に那智が持っていたのも、同じような鮮やかな青だったけれど、やはりずっと持ち歩いているうちに薄汚れてしまっていた。

紐……替えてくれたんだろうか？　地面に落としたのなら、ずいぶん汚れていたのかもしれない。

やっぱり、いい人なのか悪い人なのかわからなかった。

とりあえず那智は人の姿になって、単衣《ひとえ》の着物に着替えた。

鈴も左の手首、小袖《こそで》で隠れるくらいのところにそっと結んでおく。しゃりん…、と静かな音が耳に心地よかった。

もうすぐ、朝ご飯が運ばれてくる。

急いで布団を上げて押し入れに片づけ、保冷バッグも隠しておく。

顔を洗って待っていると、今日の朝食を運んで来てくれたのは、冬江の母親だった。

「冬江、来てますか？　できれば一緒に朝ご飯を食べたいな。その…、もうそんな機会もなくなってしまうから」

そう言った那智に、母親がわずかに目を潤ませてうなずいた。

「呼んでまいりましょう。那智様にはおめでたいことですけれど…、淋しくなります」

そう言って母親が立ってからまもなく、「よっ、おはよっ！」といつもの明るい声で冬江が顔を見せた。強いて明るくふるまっているような表情だった。

だから那智もあえて先のことには触れず、おはよう、と笑った。

「祭りの夜からずっと、こっちに泊まってるの？」

「そうそう。儀式の準備もあるからさ。その手伝いもしてるんだ。この館中掃除し直したり、まわりの木を切ったり。庭をきれいにしたり。幕張ったり、必要なものを納戸から出してきたりとか」

冬江はトレイに自分の朝食を運んできていて、それを那智の朝食がおかれたローテーブルに並べながら説明した。

どうやら儀式のために、臨時で里から何人も手伝いに来ているらしい。

朝食のメニューはだいたい二人とも同じだった。ご飯と卵とお漬け物。和《あ》え物に、川魚の塩焼き。すべて里でとれるものである。

たまに外から、海の魚や、豆腐や納豆、ヨーグルトとかの加工品が入ってきて、その時にはかなりのごちそうになる。

「そうかぁ…。いそがしいんだね」

つぶやいて返しながら、そういえば、自分の荷物も整理しておいた方がいいのかな、と那智はちょっと考える。

荷物というほどの荷物もなかったが。特にまとめるようにも言われていなかったから、必要なものは、もしかすると部屋のものをそっくり全部、神殿の中に運んでくれるのかもしれないけど。

着物や本、稽古事の道具などはともかく、ちょっとした思い出の品とか、誰かに見られて困るものというか、見られるとちょっと恥ずかしいようなものとか、他人にはゴミとして処分されそうだけど、自分にとっては大切なもの、とか。そんなものは自分の手でまとめておいた方がいいのだろう。

「那智の晴れの舞台だしなー。舞いとか、踊るんだろ?」

無理をしているように、いつもよりはしゃいだ声。

「うん。奉納舞いがあるよ」

演目は決められていたし、その衣装や道具も準備されていた。

十二年前、那智も今の斎王の奉納舞いを、御神子として舞台の袖で眺めていた。本当にきれいな人だったな…、と思い出す。元気なのだろうか。

そのあと、斎王になって神殿に入ってからは、年に一度、神殿の一番端にある拝殿で祈る姿を遠くから見かけるだけだった。それも、この三年は姿を見ていない。双美華様が休まれている間は、斎王も潔斎に入ることになっているのだ。

「あのさ…、斎王になってからもさ…、今みたいにこっそり抜け出したりできないのかな?

——や、そんなこと無理だよなっ」

冬江がちょっとうかがうように口にして、あわてたように自分で首をふった。

「どうかな…。わからないけど、もしできそうなら何とかして冬江に知らせるから」

無理だろうな、と自分でもわかっている。罰《ばち》当たりなことだし、とても許されることではないのだろう。

でももしかしたら、双美華様が優しい人だったらこっそり外出を許してくれるかもしれないし、今みたいにおやすみになっている間なら、抜け出せるかもしれない。

そんな淡い期待を抱いてしまう。

……いや、そう考えでもしないと、淋しすぎる。

冬江も同じ気持ちだったのだろう、うんうん、と大きくうなずいた。

「そ…そんなに離れたところにいるわけじゃないしなっ」

「そうだね。――あ、そうだ」

思い出して、那智は箸《はし》を置くと、後ろの押し入れを開け、保冷バッグを引っぱり出した。

「ん？　何？」

ご飯粒を口元につけたまま怪訝《けげん》そうにしていた冬江の前に、これ！　と那智は油揚げのパックを見せてやる。

「油揚げっ⁉」

なんだ？　と少しの間そのパッケージを見つめていた冬江が、気づいた瞬間、一声上げた。冬江も人の姿だったのだが、驚きと喜びで、ピュッとしっぽが飛び出している。ふさふさとした黒毛まじりのしっぽだ。

「ど、どうしたんだっ？　それっ？」

目をまん丸くして、今にもヨダレを垂らさんばかりに冬江が聞いてきた。

「お土産にもらったんだよ。ほら、昨日から来てる客人に」

「えーっ！　マジかっ⁉　いい人だっ」

……そうかな？

満面に喜色を浮かべた冬江に、那智は内心で疑問に思いながらも、まあ、いいか、と思う。

「一緒に食べようよ。あ、氏明様には内緒だから」

「お、おう…！」

何度もうなずく冬江の前で、那智はパックの蓋を引っぱり開けた。ナイフがなかったので、箸でなんとか二等分して半分を冬江の空いた皿に移す。

「すげーっ！　分厚い！」

キラキラした目で、冬江が角度を変えながら油揚げを眺めた。

そのテンションの高さを見て、やっぱりゆうべ、うっかり自分が瑞宇に懐《なつ》いてしまったのも無理はないよな、とちょっと安心する。

狐なんだし。油揚げを見せられたら、あのくらい、あたりまえの反応だ。

「味噌汁に入れたらおいしいかも」

「おー！　マジ、うまいっっ」

興奮しながら朝食を終え、満腹してぷはーっ、と冬江は畳に転がった。

「証拠隠滅しとかなきゃ」

那智は残った空のプラスチックのパックを持ち上げて、ちょっと首をひねった。不用意にゴミ箱に捨てると、誰かに見つけられそうだった。

そういえば保冷バッグにしても、どうしてここにあるのか、見つかった時に説明が面倒だ。

「あ、俺が捨てといてやるよ」

ごろっと体勢を変えて、はーい、というように冬江が手を上げる。

「ほんと？　ありがとう」

それは助かる。保冷バッグは……そう、瑞宇がここに来るというのなら、その時に持って帰ってもらえばいい。

「へー…、鈴替えの鈴か。きれいだな」

よろしく、と那智が手を伸ばし、空のパックを冬江の鼻先においた時、ふと気づいたように冬江が言った。

袖口から鈴がのぞいたらしい。

「でも音、鳴らないんだな。ずっとつけてたんだろ?」

「え?」

しかし何気ないように続けて言われた言葉に、那智はちょっと目を見張った。

「鳴ってない?」

「鳴ってないだろ?」

きょとんと首をかしげて言った冬江が嘘をついているとは思えないし、嘘をつく意味もない。

——聞こえてない……?

確かに小さな鈴で、風が鳴るくらいの音しかしないのだが、この距離で聞こえないはずはなかった。那智の耳には確かに聞こえているのに。

もしかすると、他の人には聞こえてないんだろうか? 冬江に聞こえてないだけ?

でもそういえば、鈴を身につけている時に他の者にそれを指摘されたことはなかった。那智がなるべく音がしないように持っていた、ということもあるのだが。

見つかったらやはり、どこからもらったのか、と聞かれると困るから。

しかし、それがゆうべ瑞宇にもらってからそうなったのか、前からずっとそうだったのか、那智には判断がつかなかった。

不思議だったが、他の狐に聞こえないのなら、それはそれで便利と言える。

「あー、そろそろ行かなきゃな…」

名残惜しそうに冬江がむっくりと起き上がった。そして、じっと那智の顔を見つめてくる。

「まだ…、大丈夫だよな?」

何が、とは聞かなくてもわかる。

うん、と那智は微笑んでうなずいた。

まだもう少し、日数もある。二人で話せる時間はあるはずだった。

「またあとでな」

そう言うと、冬江は空のパックを押し潰《つぶ》すようにして服の中に隠し、那智の食器もまとめて下げてくれた。

またあとで——。

最後の時も、そんな言葉で別れるのかな…、とふっと思う。キュッと胸が苦しくなった。

覚悟はしていたはずだったけれど。

気を取り直し、那智は部屋の私物の整理をすることにした。

……と言っても、それほどのものはない。

それだけ思い出と呼べるものが少ないのかもしれなかった。

家族にもらったものとか。冬江にもらったものとか。小さい頃、一緒にドングリで作った動物とか。冬江の母が作ってくれたマフラーとか。

そんなものを集めて小さな箱に入れる。

さらに押し入れの横にある整理棚を開けて、ガサゴソと中を確認していると、上の方から何かが降ってきて那智の頭に当たり、そのまま畳に落ちる。

軽いものだったので痛くはなかったが、なんだろ？　と拾い上げるてみると見覚えのあるお面だった。

ついおととい、村祭りで冬江が買ったものだ。ネコのお面。そういえば、瑞宇に返してもらって持って帰り、そのまま棚の上の方に隠すようにしていたのだった。

これも持っていこうかな…、と思う。

考えてみれば、村祭りの思い出として手元にあるのはこれくらいなのだ。あとは食べ物しか買ってなかったし、……そう、それと鈴、だけだ。

お面を膝にのせたまま、ふっと左手首に巻いた鈴を見つめる。

これは三年前の村祭りの時に、いつの間にか手にしていたものだった。

いや、誰かとこの鈴を交換したということだろう。

――三年前、何があったんだろう……？

思い出すたびに考えてみたが、ズキッと頭の芯が痛んで、やはりうまく記憶がたぐれない。

無意識にこめかみに手をやって痛みをこらえ、那智は首をふった。

――その時だった。

「おはよう、那智くん」

いきなり声をかけられ、那智は飛び上がりそうになった。

いや、実際に腰が浮き、膝にのせていたものが一気に散らばってしまう。

ハッと声の方をふり向くと、庭先に瑞宇が立っていた。ネクタイはなく、シャツとズボンだけのラフな姿だ。

「驚かせたかな？」

クスッと瑞宇が笑う。

――ホントに来たのか……。

息を吐いて気持ちを落ち着け、那智はじっと負けないように男の目を見つめ返す。

「おはようございます、瑞宇さん。……あ、これを。ごちそうさまでした」

忘れないうちに、と那智は畳んだ保冷バッグを手にとり、縁の方まで出て瑞宇に手渡した。

「ああ…、もう食べた？」

「はい。朝ご飯に、冬江と一緒に。……ええと、村祭りで一緒だった」

ああ、と瑞宇が思い出したようにうなずく。

「すごく喜んでました」

それは確かなので、那智もちょっとうれしくなる。

「それはよかった」

「でも、あの…、昨日言ってたことですけど」

おずおずと口にした那智に、うん、と瑞宇がどこかイタズラっぽい目で那智をうながしてくる。

「その…、遊ぶって……どういうことですか？　私は外に出るのは無理ですから」

「どうして？　この間の夜は抜け出していたわけだろう？」

にやりと意地悪く指摘されて、那智は唇を噛んだ。

だからこうやって脅されているわけだ。

「昼間はとても無理です」

「つまり、遊ぶなら夜に、ってことかな？　私としてはかまわないけどねえ…」

「そ、そういうことじゃ…っ」

どことなく意味ありげに言われ、那智はあせって声をあげた。

と、その時、覚えのある声が廊下の向こうから飛んでくる。

「那智。どうしたんだね？」

いくぶん険しいそんな声とともに、氏明がゆっくりと近づいてくるのが目に入って、那智は一瞬、血の気が引きそうになった。思わず、瑞宇を見上げる。

こんなところで話しているのも問題だが、おとといのことを告げ口されるともっと困る。

廊下から顔を出した氏明が、庭に瑞宇の姿を見つけてわずかに眉をよせた。

「知良さん…、どうしてこんなところに？」

驚いたような、いくぶんいらだたしげな口調だ。

「ああ…、すみません。朝の散歩がてら庭を散策させていただいていたのですが、迷ってしまいまして。帰り道をお聞きしていたんですよ。紅葉を始めている木が美しいですね」

知らず背筋を緊張させた那智だったが、瑞宇の方はなめらかに答えている。

確かに庭は館を取り囲むように造られているので、入り組んではいるがすべての場所につながっていた。

「知良の方が方向音痴《おんち》ではいけませんな。客室は反対側ですよ」

渋い顔で言った氏明に、すみません、と瑞宇が殊勝に頭を下げる。

「儀式の前でバタバタしておりましてな。お構いできないのは申し訳ないが、あまりうろうろされないようにお願いしますよ」

「はい。できるだけお邪魔にならないようにします。兄は今日は里中を散策すると言っておりましたし、地形を調べたいようでした。私も購読している雑誌の発売日ですから、少し街へ出かけてくる予定です。……ああ、何かご用がありましたら、ついでに承りますよ」

愛想よく言った瑞宇に、とんでもない、と氏明が返している。

「お客人にそのようなことは」

首をふった氏明が、ふと部屋の中に視線をとめた。のしのしと部屋に入ると、畳に落ちていたお面を拾い上げる。

あっ、と那智は思わず声を上げそうになった。まずい。

「なんだね、那智、これは？」

お面を手にしたまま、厳しい眼差しで那智をにらんでくる。

もちろんそれが何かわからないわけではなく、どうしてこんなところにあるのか、を聞きたいのだろう。

「そ…それは」

あせって、那智はおどおどと視線を漂わせた。

瑞宇が何も言わなくてもバレそうだ。

しかしとっさに言い訳も思いつかず、ただ言葉を濁した那智の背中から、瑞宇が朗らかに口を挟んだ。

「ああ…、それ、さっき私が差し上げたんですよ。おとといの縁日で買っていたのがたまたまカバンに残っていましてね。今朝はそれを頭につけて庭を散歩していたんです。誰か、館の方をびっくりさせられたらおもしろいかな、と思って。申し訳ありません」

そんな言葉に、那智は反射的に振り返り、息をつめたまま瑞宇を見つめた。そんな那智に、瑞宇がちらっと視線をよこす。

「しかしネコとは…、趣味がよろしくない」

氏明がため息をつき、お面を手の中でもてあそぶようにしながら苦々しい調子で言った。

「失礼。狐とネコは相性が悪かったでしょうか？　那智さんのヒマつぶしくらいにはなるかと思ったんですが。ああ、里の子の鬼ごっことかに使えませんか」

……嘘がうまい。

さらりとなめらかに出る言葉に、那智は感心してしまう。

まあそれだけ腹黒い、ということかもしれないが。

「いや、この子に遊んでいるヒマはないでしょう。儀式までに覚えておかなければいけない手順がありますしね。舞いの練習も必要だ」

ぴしゃりと言った氏明に、瑞宇が小さくため息をついた。那智も知らず、ビクッと身体を強ばらせる。

「そうですか…。ヒマがあれば、ぜひもう一服、お茶をいただきたかったところですが。とてもおいしかったので」

ちらり、と那智を見てしみじみと言われ、嫌みだ…、と那智は内心でうめく。なにしろ昨日は、苦さ三倍のお茶を飲ませたのだから。

「申し訳ない。この子は大切な儀式の前ですからね。……ああ、那智、お部屋までご案内しておいで。客室はわかるね？」

はい、と那智はうなずく。

「あとで衣装を確認して、舞いの稽古もな。潔斎に入る前には儀式の内容を覚えておきなさい。手順書をまわすからね。覚えておかなければならない祝詞《のりと》もある。双美華様へ忠誠を誓うくだりがな」

「はい」

おとなしく答えた那智にうなずいて、では、と氏明が来た方へもどっていった。

その背中が消えてから、ホッと那智は息をついた。

助かった……のか、どうなのか。また弱みを作ったような気もする。

しかしそういえば、さっきは「今日は街へ出かける予定」と言っていた。ということは、那智と「遊ぶ」と言っていたのは、単なる脅しだったのだろうか？

街へ……というは、ちょっとうらやましいけど。

結局、那智は一度も街へは出られないままだった。里の狐たちの大半がそうだとはいえ、やはり見たことのない街並みや、にぎわい、物の多さ――は憧れだ。テレビの中で見るだけの風景に、実際に触れてみたいと思う。

まあ、人間に対する恐さも、同様にあるのだが。

「……ええと。ご案内します」

「うん。そうだね」

クスクスと笑いながら瑞宇がとぼけたように答える。

考えてみれば、瑞宇は本当に迷ったわけではないのだろう。しかし氏明の手前、案内しないわけにもいかない。

那智は手早く、部屋の中に散らばっていたものを箱の中に放りこみ、下駄をつっかけて庭に下りた。

「あの…、ありがとうございました。言わないでくれて」

半歩先に立って庭を突っ切りながら、那智はおずおずと口にした。

「そういう約束だろう?」

さらりと言われ、那智はふっと肩越しに振り返る。

「でも……」

その条件になる約束を、那智は果たせない。

「入って」

客室の庭先へ到着し、本当ならそこから引き返すはずだったが、うながされて那智は中へ入った。

——なんか、されるのかな……？

ゆうべのことを思い出すと、一気に脈が速くなる。

「何か期待してる？」

「してませんっ」

いきなり顔をのぞきこむように至近距離から聞かれ、那智は反射的に飛びすさりながら、真っ赤になってわめいていた。

こんなに声を上げることなど、めったにない。

「……おお。またいじめてんのか？」

と、いきなり中から別の男の声がしてあせったが、妥真だ、と気づく。

と同時に、のそっと大柄な男が縁側に顔を見せた。ラフなジャージ姿で、そういえば里を散策するとか言っていただろうか。

「いじめてませんて。人聞きの悪い」

瑞宇がいくぶん体裁が悪いように耳の下をかきながら、むっつりと言い返す。

「そうかあ？　なあ、那智くん、この根性悪いのにいじめられたら、俺のとこにおいで。お兄さんが叱ってあげるからね」

「……はい」

どう答えていいのかわからなかったが、ちろっと瑞宇を横目にしながら、那智は小さく口にした。

「ダメですよ。妥真は手が早いんですから」

「おめーの方が人聞き悪いだろ」

冷たく返した瑞宇を、妥真がじろりとにらむ。

「この人、こんな顔して七つの子持ちですからね。お兄さんじゃなくて、お父さんです。……ほらほら、さっさと行ってください」

しっしっ、と追い出すような仕草に肩をすくめ、またな、と大きく笑って妥真が那智の頭をくしゃくしゃと撫でた。

那智は反射的に首を縮めたが、その感触は温かくて……悪くない。

ふらりと外へ出た妥真の背中を、いってらっしゃい、と那智は見送る。

「本当に人たらしですからね、妥真は。狐たらしでもあるようですけど。毒牙にかからないようにね」

どこか不機嫌に、辛辣《しんらつ》に言いながら、瑞宇が那智の乱れた髪を指ですくようにして直してくれた。その感触も、ちょっと気持ちがいい。

自分を間にしての兄弟ゲンカ。

意外だったが、なんとなく素の瑞宇が見えたようで、那智は小さく微笑んだ。気持ちが少しだけ和《なご》んでくる。

「今日は私と遊んでもらう約束だしね？」

しかし、奥の寝室へ入りながら当然のように瑞宇に言われ、那智はとまどった。

「……でも」

それが無理だということは、瑞宇にもわかっているはずだ。

出てきた瑞宇はネクタイを首に引っかけ、上着を片腕にしている。

出かける態勢のようだ。ますます混乱してしまう。

「無理です…！　氏明様が許してはくれません」

必死に言った那智に、瑞宇が小さく笑った。

「君が本気で抜け出す気なら、どうにかなるよ？」

意味ありげに言われ、那智は目を瞬いた。

「どうにか……？」

瑞宇がポケットから白いものを取り出した。

折り畳んだ小さな紙。人型になっている。形代《かたしろ》だ、と気づいた。

ハッ、と思いついた。

「それに……身代わりをさせるんですか？」

「そう」

にっこりと瑞宇が微笑む。

「そんなこと、できるんですか……?」

「できるよ」

あっさりとうなずく。

それだけの力がある、ということだろうか?

知良の御祓方《おはらいかた》――。

初めて、その力を感じたような気がした。

「これはうちの御知花様に力をもらった特別な形代だしね」

御知花様というのがどういう存在だかわからないが、知良の神様なのだろう、とは那智にも察しがつく。

「今日のスケジュールは舞いの稽古と、儀式の手順を覚えること、だったかな? 舞いはもう身体で覚えているんだろう? 手順を覚えるのも、読んでいるふりをすることくらいはできるからね。そのくらいなら、容易にまわりをあざむくことはできると思うよ。もちろん、帰ってから手順はあらためて覚えてもらわないといけないけど」

そんな言葉に、ごくっと那智は唾を飲みこんだ。心臓がドキドキとものすごい勢いで打ち始める。

「どうする?」

聞かれて、那智は迷った。

いや、本当は迷う必要などないはずだった。行けるわけ、ないのだから。

行ってはいけないのだから。

「遊び……に……？」

それでも小さな声で、ようやく尋ねる。

「そうだよ。里を出て外にね」

瞬間、那智は息を呑んだ。目を見張って、瑞宇を見つめてしまう。

外へ。

多分それは、麓《ふもと》の村ではなく、もっと遠くへ――だ。

那智が見たことのない、テレビの中でしか見られない場所。

どうしよう、と思う。ダメなことはわかっている。きっぱりと断って、部屋にもどらないといけない。もう儀式は目の前なのだ。

……けれど。

「約束、なんですよね……？」

口から出たのは、そんな言葉だった。

「そうだね」

じっと那智を見つめ、瑞宇が低く笑った。

那智はぎゅっと無意識に拳《こぶし》を握った。

――脅されてるんだから仕方がない。

そんな言い訳を、自分にする。

乾いてしまった唇をなめ、そっとうなずいた。

「おいで。これに息を吹きかけて」

うながされて那智は瑞宇に近づき、広げた形代にふうっ…と息を吹きかける。

瑞宇が口の中で小さく何かつぶやき、パッと形代を空に放った次の瞬間、那智そっくりの人間がもう一人、側に立っていた。

声もなく、那智はもう一人の自分を見つめてしまう。

「君の形代だ。命令して」

瑞宇に言われ、那智は小さく息をついてから、そっと言った。

「部屋に帰って、言われたことをして」

どう言えばいいのかわからず、そんな命令だったが、はい、ともう一人の自分はうなずいて、スタスタともと来た方へ――那智の下駄を履いて帰っていく。

那智は呆然《ぼうぜん》と、その後ろ姿を見送ってしまった。

「大丈夫……なんですか？」

姿が消えてから、ハッと我に返ったように瑞宇に確認する。

「大丈夫だよ。あの形代は君の言葉遣いや、受け答え、動作をすべてコピーしている。今日一日くらいは問題ない」

それでもまだ心配だったが、外へ出られる、という好奇心の方が大きかった。

「本体にもどって。これに入ってくれるかな」

それから、バサッとチャックのついた大きめのボストンバッグが目の前に投げられ、那智はとまどった。

「そのままじゃ、さすがに目立って外へ連れ出すのは難しいからね」

言われて、……確かにそうだろうと納得するしかない。

那智はもとの狐の姿にもどると、のそのそとバッグの中に身体を収める。

「よし。チャックを閉めるよ。少しだけ開けておくからね」

言われて、ジーッと口が閉じられ、端の方だけわずかに開かれた状態で、瑞宇の肩に担ぎ上げられたのがわかった。

館を出て、行き交う誰かと挨拶を交わしている声が耳に入る。

那智は身体を丸くして、じっと固まっていた。

館を離れ、山を下っていく気配に、だんだんとドキドキしてくる。心臓が飛び出しそうだ。

本当に拉致《らち》されているような気分だったが、瑞宇はそのまま麓の神社の裏側に出て、どうやら村の駐車場に預けている車に乗りこんだようだ。

そこでようやく、バッグの口が開かれる。

息苦しくはなかったが、なんとなくハーッ、と大きく息を吸いこんで、那智は助手席の窓から頭をのぞかせ、里のある山を振り返った。

本当に出てきたのだ、と思う。しかもこんな真っ昼間に。

初めてだった。

「本当に行っていい？」

じっと目を見つめられ、もう一度聞かれて、はい、と那智は強くうなずいた。

◇　◇

信号待ちで車を停め、瑞宇《ずいう》はちらっと助手席を横目にした。

真っ白な狐が、ピクピクと鼻としっぽを動かしながら、好奇心いっぱいに半分開いたウィンドウから外を眺めている。

すれ違う車や歩道を歩く人が、何だ？　という目でその姿を追っていくのがわかった。車のスピードだと、犬くらいに思われているのかもしれないが。

時折、何か興味を引かれるものが目に入ったのか、窓に前足をかけ、助手席に立ち上がるようにしてのぞきこんでいる。

「あんまり身を乗り出すと危ないよ」

声をかけると、ピクッと耳を動かして、那智《なち》があわてて身を引いた。しかしそれも、ものの十分もすると同じように夢中になっている。

小一時間も車を走らせて、到着したのは最寄りの街だった。

パーキングに車を入れ、助手席にまわって那智を降ろしてやる。

薄暗い立体駐車場の中はずらっと様々な車が並んでおり、瑞宇には見慣れた光景だったが、那智はそれさえもものめずらしげに、きょろきょろしていた。

「ほら、もう一回中へ入って」

その後ろで、瑞宇はさっきのボストンバッグを再び開けると、那智をうながした。

『入るんですか…?』

那智がしょんぼりとしたように尋ねてくる。外の景色が見えないのが残念なのだろう。

「まさかリードをつけて歩くわけにはいかないだろう? さすがに狐だとバレるよ」

瑞宇は苦笑した。別に犯罪ではないが、かなり目を惹《ひ》くことは間違いない。

『あの…、人に変化したらダメですか?』

「服がないでしょう?」

瑞宇の指摘に、あっとようやく那智も気づいたらしい。

裸で歩かせれば、当然、犯罪だ。

「だから最初に洋服をそろえないとね。それまで我慢して」

はい、と素直にうなずき、那智がいそいそとバッグに入りこんだ。

瑞宇はそれを肩に担いで、目についたデパートへ向かって歩いて行く。

本当は那智の趣味を聞いてやればいいのだろうが、この状態ではそれもできず、そもそも那智はふだん着物しか着ないようだった。選べと言われても、むしろ困るだろう。

「私の趣味になるけどね」

そう断ってから、テキパキと選んでみる。

スーツも堅苦しいだろうから、カジュアルなパンツとシャツ、それにボーダーのカーディガンを選んだ。そして、靴下なしのスニーカー。

「おかしくないですか……？」

デパートのトイレで変化《へんげ》し、着替えて不安そうに髪をいじりながら出てきた那智に、瑞宇は目を細めた。

「うん。可愛いよ」

にっこりと微笑《ほほえ》んで言った言葉に、ちょっと恥ずかしげに、半分くらいは疑わしげに、ちろっと那智が上目遣いにうかがってくる。

どうやら、あまり信用がないらしい。……まあ、自業自得だと言えるのだろうが。

「すごい人……ですね」

おずおずと歩き出し、デパートから外へ出てあたりを眺めまわしながら那智がつぶやいた。

「都会ほどじゃないけどね」

瑞宇は苦笑して答える。

それでも繁華街なので、それなりの人通りはあるだろうか。

さすがに村とは違うせかせかとした雰囲気に呑まれたようで、那智がちょっと立ちすくむ。

無意識だろう、ぎゅっと瑞宇の腕にしがみついてきたので、瑞宇はそっとその手を握ってやった。

あっ、とようやく気づいたようにあせった表情を見せたが、瑞宇は何でもないようにその手をつないだまま、ゆっくりと歩き出す。那智も引かれるままについてきた。

数歩行くごと、那智はものめずらしげに街の風景を見まわし、すぐに足が止まったり、何かに誘われるように身体《からだ》が動いてしまうので、手をつないでいる方が安全な気もする。

気づいた人間がちらちらと二人を眺めていくが、瑞宇は気にしなかった。

しかしそうでなくとも、那智の容姿は目立っていた。すんなりとした手足に、抜けるような肌の白さと、淡い髪の色と。人形のように繊細で整った顔立ちだ。

「あの…、見られてませんか…?」

さすがに人の視線に気づいたようで、那智が不安そうにささやいた。

「そうだね。君がきれいだからだよ」

小さく笑って答えた瑞宇を、那智がじろっとにらんできた。

……どうして褒《ほ》めてにらまれるんだ、と瑞宇としては不満だったが、やはりこれも、自分の言動のせいかもしれない。

瑞宇はちょっと咳《せき》払いして、気をそらすように言った。

「先にご飯を食べようか。何か食べたいものがある?」

「何がいいのかわかりません」

もっともな答えを返され、ちょっと考えてから、瑞宇は以前この街に来た時に立ちよったそば屋へ入った。和風の雰囲気で、那智も落ち着いて食べられそうだ。

メニューは読めるようだが、瑞宇が選んで注文してやる。

お待たせしました〜、と朗らかなバイトの女の子の声とともに目の前におかれた丼《どんぶり》に、那智はパッと顔を輝かせた。

「油揚げが入ってますねっ」

「うん。カレー南蛮《なんばん》そば。食べたことある?」

厚めの油揚げが短冊状に切られたものと、ネギだけがのっているシンプルなものだ。

那智が首をふって答えた。

「カレーはテレビで見たことがあります。辛いんでしょう?」

「カレーそばはそれほど辛くないから大丈夫だよ」

那智が箸《はし》をとって、短冊状に切られた油揚げを一つ摘《つま》み、おそるおそる口に入れる。ゆっくりと噛《か》んでから、驚いたように顔を上げた。

「おいしい……!」

「よかったよ」

瑞宇は小さく笑う。

やはり好物のようで、那智はきっちり一枚分くらいは入っていた油揚げをあっという間に食べてしまった。

ほー…、と無防備に幸せそうな顔がいつもより幼く、瑞宇も今はいじめたいというより、喜ばせたい気分になって、ほら、と自分の油揚げを那智の丼にのせてやった。

「いいんですか?」

「いいよ。私は親子丼もあるから。ああ、少し食べてみる?」

はい、と素直にうなずいたのに、小皿をもらって親子丼も三分の一くらい分けてやった。

それもめずらしげに眺めてから、しっかりと腹に入れる。

「あんなふうに油揚げ食べたの、初めてです。やっぱり人界の食べ物はおいしいですね」

満足げに店を出て、名残惜しげに店を振り返りながら那智がしみじみと言った。

「材料が豊富だからねえ。山の方がおいしいものも多いと思うけど」

そんな話をしながら、ウィンドウショッピングのようにたらたらと商店街を歩いて行く。カラフルなブティックやら、雑多なドラッグストアやら。公園の移動販売車やら、街角の交番やら。

ありふれた風景がいちいち興味深いようで、那智は夢中でいろいろと尋ねてくる。

「どうしてあんなふうに店の前いっぱいに品物を並べているんですか？」

とか。

「交番の警察官は一日中、ずっといるんですか？」

とか。

細かいところによく気がつき、ふだんから勉強熱心なんだろう、と思う。

ものを覚えたての子供のようでもあり、里で見ていた顔よりも、やはり生気に溢《あふ》れている気がした。

通りかかった大きな公園の広場には鳩《はと》がたくさん集まっていて、与えられる餌《えさ》をつっついている。へえ…、とおもしろそうに近づいた那智に気づいたのか、人に慣れているはずの鳩の群れがいっせいに飛び立って、餌をやっていた子供や老人がぽかんと空を眺めた。

「狐だというのがバレたんでしょうか…？」

那智がつぶやいて真剣に考えこむ。

「そうかもしれないね」

瑞宇はくすくすと笑った。

やはり見かけよりも気配に敏感なのだろう。

と、その時だった。

ハッと何かに気づいたように、那智がいきなり瑞宇の腕にしがみついてきた。というより、背中に隠れるようにして顔を伏せた。顔色が真っ青になっている。

何だ…？　と反対側に視線を向けると、男が一人、那智に一眼レフらしいカメラを向けていた。観光客らしい。ラフな格好のヒゲ面で、ガイドブックをショルダーバッグのポケットに挟んでいる。

避けられているのは察せられるはずだが、男はしつこくまわりこんでカメラを構えた。瑞宇は那智をかばうようにして、その間に割って入る。

しかし那智しか眼中になかったのか、どこまで行っても邪魔が入るのにようやく瑞宇の存在に気づいて顔を上げ、忌々《いまいま》しげににらみつけてきた。瑞宇が無言のまま冷然とにらみ返すと、チッ…、と悔しげに舌打ちし、しぶしぶといった様子で離れていく。

ぶしつけな男だ。まあ確かに、鳩の群れが飛び立つ中に立っている那智は、絶好の被写体だったのだろうが。

「カメラ、嫌い？」

もう大丈夫、と言う代わりに、軽く背中を撫《な》でながら尋ねた瑞宇に、はい…、とか細い声が返ってくる。

ただごとではない怯《おび》え方で、瑞宇はちょっと眉《まゆ》をよせたが、なるほど…、と気づいた。トラウマのようなものだろう。

瑞宇はちょっと唇をなめた。いいタイミングだ。

「そうか…。前に会った時に嫌な目に遭《あ》ったからね」

さりげない口調で言う。

ピクッと那智が顔を上げた。落ち着かないように瞬きし、そっと瑞宇を見上げてくる。

「前に…、会ってますか……?」

息を殺すようにして、那智が尋ねてきた。真剣な眼差しだった。

「おととい会ったね」

とぼけるみたいに微笑んで、瑞宇は答えた。

おとといのことならば、「ビデオ」と言うべきだろう。だが同じようなもの、とも考えることはできる。那智がどう受けとるかだ。心当たりがあるかどうか。

「そうじゃなくて…っ」

那智が反射的に首をふった。何かもどかしいように。

「どこかで会っていたかな?」

じっと那智を見つめたまま静かに尋ねた瑞宇を、那智はしばらく見つめ……そして、ふっと力が抜けるように肩を落とした。

「会ってない……ですよね。私は里から出たことがありませんから」

——この子は、覚えていない。

那智の表情からそれを確信し、瑞宇はそっと息をついた。安心したような、何か理不尽なような、複雑な気持ちだ。

「麓《ふもと》の村には遊びに行くんだろう？」

それでも念のため、そう重ねてみる。

「この間のお祭りの時だけです。——あっ…」

答えてから、何か思いついたように声を上げた。

「三年前…、もしかして私のことをあのお神社で見かけましたか？　瑞宇さん、三年前も来てたんですか？」

わずかに身を乗り出すようにして、何か祈るように尋ねてくる。

「来ていたけど……どうかな。暗かったからね」

瑞宇はさらりと答えた。

那智が覚えていないのなら、それでいい。

「前のお祭りの時も抜け出したんだね？　悪い御神子《みかみこ》様だな」

そしてちょっとからかう口調で、なるべく軽く聞いてみる。

那智がそれにパタパタと首をふった。

「いえ…、どうしてかその時の記憶がなくて。里を出たのは確かなんですけど…」

「不思議だね」

瑞宇は静かにうなずいた。

ショックが大きかったということだろう。それでもカメラのことは意識下に焼きついていたのか。

「記憶にないということは、覚えていなくてもいいことなんだろう。心配することじゃないよ」

そう言うと、少し安心したように那智がかすかに微笑んだ。そして、あえて声を弾ませるようにして、いたずらっぽく瑞宇を見上げてくる。

「はい…。でも今日食べた油揚げの味は絶対忘れません。あ、昨日いただいたのも」

そしてふっと目を伏せると、静かに、噛みしめるように言った。

「よかった…。一度だけでも食べられて。ありがとうございました」

もう二度と食べられないから。

那智自身、そう思っているのだろう。

チクリと胸が痛くなる。が、それと同じくらい、腹も立ってきた。

どうして自分を殺してまで、里のために尽くさなければならないのか――。

「何度でも食べられるよ。もし君が、里を捨てて飛び出してしまえばね」

淡々と感情を交えずに言った瑞宇に、那智が驚いたように顔を上げ、大きく目を見張った。

「そんなこと……」

できるはずはない、と首をふる。どこか、泣き笑いみたいな表情で。

「自分から外の世界へ出ようとは思わないの？　運命を受け入れるだけ？」

じっと那智を見下ろして、瑞宇はさらに追いつめるように尋ねた。

「私には罠《わな》にはまった狐みたいに見えるけどね」

那智が衝撃を受けたように息を呑む。

「どうして……そんなこと、言うんですかっ？」

そして嚙みつくように叫んだ。

「じゃあ、どうしろと言うんですか…っ!?　御神子なんですよ？　そんなことしたら、里が成り立たなくなりますっ」

責任感なのか、あるいはそう教えこまれたのか。

「里のために自分を犠牲にするの？」

そんな那智を突き放すみたいに、瑞宇はさらに冷淡に言葉を重ねる。

傷つけたい、というわけではなく、……無性にいらだっていた。

瑞宇の言葉に那智は唇を震わせ、瞬きもせずに瑞宇をにらみ上げたまま、本当に泣き出すかと思った。

しかしふっと、那智は身体の力を抜いた。大きく息を吐き、身体の前でぎゅっと手を握る。

「里には……大切な人もいます。友達も。家族も。自分にできることで守りたいと思うのはあたりまえでしょう？　私しかできないことなら」

瑞宇は一瞬、言葉を失った。その潔さに頰《ほお》を張られた気がした。

「誰にも運命はあると思います。みんなそれぞれに…、必要とされて生まれてくるのですから」

そしてまっすぐに瑞宇を見つめたまま、静かに尋ねてきた。

「瑞宇さんは、運命を信じていませんか？」

「信じていないね」

瑞宇も淡々と答える。

「では御祓方《おはらいかた》であることは、運命ではなかったと？」

「私は選んだつもりだよ。辞めることもできたからね」

二、三度瞬きしてから、そうですか…、と那智が小さくつぶやく。

これはフェアではなかったかもしれない。御祓方には代わりがいるが、御神子にはいないのだから。

いや、それでももし――三年前に、自分が那智をあのまま連れて帰っていれば。

氏明《うじはる》は別の御神子を立てただろう。そうせざるを得ない。

だがそれは、他の誰かに荷物をまわすだけだ。

那智が小さく微笑んだ。

「選んで御祓方をされているのなら…、瑞宇さんには私よりずっと、覚悟があるということなんでしょうね」

――覚悟……か。

瑞宇はわずかに目をすがめる。

確かに覚悟はある。だがそれは、自分に対する覚悟というだけだった。

生きるも死ぬも、自分の問題だ――、という。

那智のように、まわりの存在を考えたことはなかった。それについてくる責任も。

瑞宇はそっとため息をついた。

「さっきは少し言葉が過ぎたな。……お詫《わ》びに汁粉《しるこ》でもごちそうするよ。あぁ、パフェがいい？」

瑞宇はぼそぼそと言った。

「……瑞宇さん、何でも食べ物を与えたら解決すると思ってるでしょう？」

ちょっと拗《す》ねたような声が聞こえてきて、どこかホッとしながら瑞宇は顔を上げる。

「うん。違うかな？」

そしていつものように、とぼけて聞き返す。

那智がちょっと口をとがらせてから、微笑んで言った。

「両方食べたいです」

「そう来たか…。仕方ないな」

渋くうなずいて伸ばした瑞宇の手に、那智がそっと自分の手を重ねてきた。

手をつないで、再び歩き始める。

長いしなやかな指が、きつく瑞宇の手を握りしめてくる。

本当は恐いのかもしれない。一人で、一人だけで、里の守りを背負うことは。

それでも必死に向かっていこうとしているのだ。

……自分の仕える相手がどんな存在なのかも、まだ知らずに。

まず汁粉を食べてから、瑞宇は映画館へ那智を連れていった。

これにしようか、と瑞宇がにやにやと3Dホラーのポスターを示すと、那智は涙目になってふるふると首をふった。

「こ…恐いのは嫌です」

その顔が可愛くて、無理やりにでも連れこんでやりたくなったが、衝撃で映画の最中に本体にもどってしまうとまずいので、無難なミュージカル大作にしておく。

椅子から身を乗り出すようにして、那智は自分が泣いているのに気がつかないくらい、真剣に見ていた。瑞宇は半分ばかり、ボロボロと涙をこぼしている那智の横顔を鑑賞していたようなものだ。

興奮しながら映画館を出て、本屋により、約束のパフェを食べて。

あっという間に、夕暮れが迫り始めていた。

「そろそろ帰らないとね」

静かに言った瑞宇に、一瞬、言葉を呑んでから、はい、と那智がうなずいた。

車にもどり、助手席に乗りこんで、那智が本体にもどる。抜け落ちた服や靴を、瑞宇はまとめてリアシートに放り投げた。

真っ白な毛に、明るめの藍色《あいいろ》の紐が巻きついているのに気づいて、瑞宇はそっと那智の前足を手にとった。

「似合うね」

褒めてやると、那智がくすぐったそうに笑う。そして、ふっと思いついたように、真面目な顔で尋ねてくる。

『この鈴の音、瑞宇さんには聞こえますか？』

聞きながら、左の前足を軽く振ってみせる。しゃりん…、と細く透き通った音が広がる。

「聞こえるよ」

うなずいた瑞宇を、那智がちょっと驚いたように見つめた。

そしてどこかおそるおそる、尋ねてくる。

「もしかして…、この鈴をくれたの、瑞宇さんですか……？」

瑞宇は一瞬、息をつめた。が、静かに答える。

「どうかな…。三年前だろう？　鈴替えをしたかもしれないが、忘れてしまったね。暗くて顔はよく見えなかったし」

那智がちょっと残念そうに肩を落とす。

それでも気を取り直したように、目をくるくるさせて朗らかに言った。

『今日の瑞宇さんは優しいですね？』

「いつも優しいつもりだけどね」

『それは嘘です』

澄まして那智は言い切った。

だんだん瑞宇に慣れてきたせいか、言いたいことを言うようになっている。

しかしそれも小気味よくて楽しい。

里へ近づくにつれだんだんと言葉少なになり、駐車場に着いてからボストンバッグにおとなしく入った那智は、ふっと小首をかしげるようにして瑞宇を見つめてくる。

『あの…、今日はありがとうございました』

静かに言った那智に、瑞宇が経緯を思い出させる。

「私がつきあわせたんだよ？」

『あっ、そうでした。でも、たくさんご馳走《ちそう》してもらいました』

ふわりと笑った狐の顔がやはり名残惜しそうで、それでも必死に口にするのを我慢しているのがわかる。

離しがたかった。バッグに入れたまま連れて帰ってしまおうか、と思うくらいに。

だが瑞宇にしても、役目がある。運命ではなく選んだ、自分の務めが。

那智にたしなめられたように、自分にしかできない役目ならばやるしかない。

……そう。那智を守ってやるためにもだ。

だが、それを今、口にすることはできなかった。容易には信じられないだろうし、混乱させるだけだ。

すでに暗くなった山道を登り、館の客室へ入ってから、瑞宇はバッグの口を開いてやる。

きれいな白狐《びやっこ》がするりと出てきて、ぺこっと頭を下げた。

『あの……』

何か言いかけて、ためらったあと口を開いた。

『氏明様に頼んでみますから、もう一度、お茶を点《た》てさせていただけますか？　今度はおいしく淹《い》れます』

「そうだね」

瑞宇が微笑んだ。だがそれは、那智が本当に言いたいことではないようにも思えた。

言葉を途切れさせたあとも、どこか口ごもっている。

『あの…、お手数ですが、抱き上げて天井に上げてもらえませんか？』

そしてようやく、そんなふうに頼んできた。

ああ…、と思ったものの、那智ならばそんな手を借りなくても、普通に跳躍すれば上れるはずだ。

なんだろう、と思ったが、もぞもぞとしている那智にふっと気がついた。

いいよ、と気軽に答えると、小さく笑い、瑞宇は両腕を伸ばして、那智の前足を引っかけるようにして一気に腕の中へ抱き上げた。

だっこするようにすっぽりと狐を抱え、ふわふわとした毛が喉元《のどもと》から鼻先をくすぐる。

瑞宇は、この間那智が下りてきたあたりへぶらぶらと移動しながら、両手でやわらかな毛をいっぱい撫で上げてやった。喉元からやわらかな腹、そして耳の間からしっぽの先まで。

『あ……』

かすれた声をこぼし、那智が気持ちよさそうに瑞宇の肩に顎《あご》をこすりつけてくる。

定位置に立って、瑞宇はしばらく撫でてやっていたが、いつまでもそうしているわけにはいかない。

ゆっくりと手を止めると、那智がそっと顔を上げた。

『すみません…』

前足を瑞宇の肩にかけたまま、何かをこらえるように震える声でつぶやくと、そっと肩へ這《は》い上がった。

身体を伸ばして天井板をずらすと、スッ…、と身軽に飛び上がる。

「お茶、楽しみにしてるよ」

上を向いてそう声をかけると、薄暗い中から、はい、と返事が聞こえ、隙間《すきま》が閉じた。

やがて軽い足どりが遠ざかっていくのが耳に届く。瑞宇は無意識に、その音の方を視線で追っていた。そして聞こえなくなってから、ふぅ…、と思わずため息をもらす。

と、その瞬間だった。

「懐《なつ》かせたなー」

いきなり響いた声に、ハッと顔を上げると、戸口に妥真《やすま》が立っていた。

いつから見ていたのか。目をすがめ、チッ…、と内心で舌を打つ。

「どうにかするつもりなら、あとのことを考えておけよ」

「どうにかってなんですか」

にやにやと言われ、瑞宇は無意識に前髪をかき上げながら、むっつりと返した。

そして急いで話をそらせる。

「里長とは話せましたか?」

「ああ、会ってきた。……本質的な話をしたわけじゃないが、ありゃ、うすうす何か感づいてるみたいだな」

渋い顔で妥真が顎を撫でる。

「でもはっきりさせるのが恐い?」

瑞宇の確認に、妥真がうなずく。

「里の守りという意味でも双美華《ふみか》様の力は必要だ。それに氏明が集めさせた金のおかげで、里も少しばかり豊かになった。贅沢《ぜいたく》な食べ物が入るようになったり、道具が入ったりな。まあ、愛人に注ぎこんでいる額に比べれば微々たるものだろうが。だが、氏明は里の者をしっかりと味方につけているわけだ。尊敬もされている」

「なるほど。やっかいですね」

自分たちが何を言ったところで、まともにとりあってもらえない、ということだ。

瑞宇は眉をよせた。

「実際のところ、俺たちはこの里じゃ悪者だな」

「そうですね…」

里の平和を破る者。守り神に弓を引く者だ。

「双美華様の正体をどう明らかにするのかが問題ですね」

一人一人に当たって、説明し、説得しているヒマはない。

「だが、これ以上、野放しにするわけにもいかねぇからな」

きっぱりと妥真が言った。

そう。このままだと、双美華様が目覚めたあと、また被害者が出るのだ。

しばらくじっと考えてから、瑞宇はふと、浮かんだ疑問を口にした。

「そういえば、代替わりをしたあとの斎王《さいおう》はどうしているんでしょうか?」

会うことができれば何か話が聞けるかもしれない、と思う。

……もっとも瑞宇たちが斎王に会うには、少し遅すぎたのだが。

◇　　　◇

一日、瑞宇につきあって——というか、連れまわされて——帰ってきたのは、すっかり夜も更けてからだった。

——手をたたいたら紙にもどるから。

そう言われていたので、部屋の中にいる自分に不思議な感じを覚えつつ、那智がパン！　と背中で大きく手をたたくと、あっという間にもう一人の自分の姿は消え、あとにはひらひら…と小さな紙が舞っていた。

そのあとで風呂へ行ったのだが、誰もこの日の那智の様子を怪しんでいる者はいなかった。

「今日の舞いもとてもお美しかったですよ。儀式の日が楽しみでございますね」

と、そんなふうに声をかけてくれる者もいた。

どうやら形代《かたしろ》の自分は、稽古《けいこ》で完璧な舞いを披露したらしい。ちょっと微妙な気分になる。

風呂から上がって、那智は敷かれた布団の上に転がり、いつになく疲れた身体と高ぶってしまった気持ちを落ち着けていた。

楽しかった。あんな世界が本当にあるんだな…、と思い返してしまう。

神殿へ入る前に体験できてよかったのだろう。

理性ではそう思うが、反面、もう二度とないんだな、と思うと気持ちが沈んでしまう。

楽しかったのだ。……多分、瑞宇と一緒だったことが。

だが今は一人きりで、そんな夢の時間が終わってしまったのを感じた。

……本当は、これからが自分の人生の本番なはずなのに。

ダメだな…、と自分を戒める。

こんな気持ちでは、きっと双美華様も喜んではくれない。

瑞宇たちは儀式にも立ち会うようだから、もう数日はいるのだろう。

――舞いを見てくれるかな……？

あの辛口の瑞宇でも、褒めてくれるだろうか。そんな感想を聞く時間はないのかもしれないけど。

那智はそっとため息をついて、テーブルにのっていた紙を引きよせた。

儀式の進行や手順、そして那智が覚えなければならない祝詞《のりと》がびっしりと記されている。

形代の自分がめくっていたようだが、さすがに覚えてくれているわけではない。

昼間に遊んだ分、しっかりと取りもどさなければいけなかった。

とりあえず祝詞の部分を手に、暗記を試みる。口に出して読みこみ、それからなるべく見ないようにして繰り返す。

そんなことをしばらく続けていた時だった。

カタン…、と物音が廊下から響いて、ふっと那智は顔を上げた。

なんだろう…？　と思う。

朝のことを思い出し、一瞬、また瑞宇が来たのかと思ったが、まさか、と思い直す。

息をつめるようにして、閉まった障子の向こうをじっとうかがうが、誰かが声をかけてくるようなこともない。

風が何かを巻き上げたのかな…、と思って、那智が再び手元の紙に視線を落とした時だった。

いきなり、バン…！　とたたきつけるような勢いで障子が開いたかと思うと、黒い影が倒れこむみたいに部屋の中へ入ってきた。

「な…、誰……っ？」

自分に向かって落ちてくる大きな影に、那智はとっさにあとずさる。手にしていた紙があたりに飛び散ったが、かまっていられなかった。

どうやら入ってきたのは浴衣《ゆかた》姿の男で、バタッとさっきまで那智のいた布団の上にうつぶせに倒れこむ。喉の奥でうなりながらひっかくように手を伸ばしてきて、那智はさらに部屋の隅へ身を縮めた。

いったい誰なのか、何が起こっているのか理解できず、ただパニックになる。

「よぉ…、那智……、おまえ、すげぇ…、キレイになったよなァ……」

しばらくうなっていた男がようやく顔を上げ、とろんとした目で那智を見つめてにたっと笑った。

「秋彦《あきひこ》さん……」

それでようやく相手がわかる。

那智は五つの時からこの館に引き取られていたので、本来なら秋彦とは幼友達といっていいくらいのはずだった。もっとも秋彦の方が五つくらいは年上だったから、あまり那智を相手にするようなことはなかったが。那智が御神子だということもあったのだろう、いじめられることはなかったが、同時に関心があるようでもなかった。

少なくとも、最初の十年ほどは。

那智が成長するにつれ、妙な目つきで見てくるのは気になっていた。

『な…、おまえさ、自分で慰めたりしてんの？』

いやらしく、そんなことを聞かれたこともあった。そしてゲラゲラと笑いながら、さらに言われたのだ。

『あー、そうか。ダメだよな。御神子って自慰は禁止されてんだろ？　かわいそうになァ…。たまってんなら、俺が協力してやってもいいぜ？』

自慰がダメなのに、誰かにされるのがいいはずはない。

那智はできるだけ秋彦とは顔を合わさないように、何か言われても気にしないようにしていたが、やはり嫌な気分だった。

その秋彦が数年前から人間界で暮らすようになり、那智はホッしたものだ。

どうやら、秋彦はかなり酔っているようだった。酒の匂《にお》いがぷんぷんする。

「……ったく、ほんっとに何にもねぇ田舎だよなァ…、ここはさ……っ」

ろれつのまわっていない口調で吐き出すように言うと、秋彦は布団に突っ伏す。そしてそのまま、寝てしまったように動かなくなった。

「あ…秋彦さん、大丈夫ですか…？」

その様子をしばらく見つめていた那智は、おそるおそる這うように近づいて、その肩を揺さぶった。心配というよりも、こんなところで寝こまれたら困る。

「秋彦さん…、起きてください。誰か呼んできましょうか?」

さらに声をかけた時、いきなりむっくりと上体を起こした秋彦が那智の腕をつかんで引きずり倒した。

「なっ…、離して……っ」

そのままぐるりと身体を転がすようにして秋彦は那智に馬乗りになり、真上から顔をのぞきこんでくる。酒臭い息が思いきりかかって、那智はとっさに顔を背けた。

「いや…、マジびっくりだぜ…。昔は鼻垂らしたガキだったのになァ…。すげぇよ…。大学でもおまえみたいなのはいねぇからなぁ……」

へらへらと笑いながら、ぐいっと那智の浴衣の前を引き剝《は》がし、首筋から胸をねっとりと手のひらでなぞるようにして撫で上げる。

その感触に、ゾッ…、と全身に鳥肌が立った。

「やめてください…っ! 秋彦さん…! 私は御神子ですよ!」

必死に振り払おうと暴れながら、那智は叫んだ。

神に捧げられる身に、こんな無体は許されないはずだ。

しかし判断力が落ちているせいか、秋彦はにやにやとしながら言っただけだった。

「そーなんだよ…、双美華様に食われちまうんだよな…。もったいないねぇ…。だからさぁ…、その前に一回くらい……な？　いいだろ？」

酒臭い息を吐きかけ、頬を耳元によせるようにして言われて、虫酸《むしず》が走る。

「いいわけないでしょう！」

食われるってなんだ、と思いながら、必死に重い身体を押しのけるようにして那智は声を荒らげたが、ただでさえ体格が違う。酒のせいか、弛緩《しかん》した身体はさらに重い。

「う…氏明様に言いつけますよっ!?」

告げ口などしたくなかったが、どうしようもない。

しかしそんな言葉に、秋彦は鼻で笑っただけだった。

「いいぜぇ…？　オヤジだって本心じゃ、おまえを味見したいって思ってんだしな…。双美華様だってまだおやすみ中だ。あさってまではさ…。ちょっとくらいつまみ食いしたところで、わかりゃしねぇよ」

「そんな……」

那智は真っ青になった。

本当に氏明がそんなことを考えているのか、単に秋彦の妄想なのかわからないが、ただ、今この男が本気で那智をどうにかしようとしているのは明らかだった。

那智の立場も、自分の立場も、すでに安全弁にはならない。

「……っていうかさ、俺が床入りのやり方を教えといてやろうっていうんだよ。なにしろ双美華様はお好きだからなァ…。すげぇ精力的なお方だってよ？　毎晩やりまくりでさ…、斎王は数年でカラダ、ボロボロだって」

おもしろそうに笑いながら秋彦が話すが、なかば那智の耳には入っていない。

「あっ…！」

頭が真っ白になっている間に手荒に帯が解かれ、前があらわにはだけられて、本当に血の気が引いた。

あわてて手足をばたつかせるが、その那智の身体を押さえこみ、強引に下着を引き下ろそうとする。必死の抵抗にいらだったようにそれは引きちぎられ、べとつく指で内腿《うちもも》が撫で上げられた。

「初めてなんだろ……？　前も…、うしろもさ……」

「やめて……っ」

男の手に中心が握りこまれ、那智はどうしようもなく身を縮める。

嫌なはずなのに、触られたくなどないはずなのに、初めて触れられたそこはドクッ…、と脈打ち、自分の身体ではないように変化を始めている。

「キツそうだよなァ…、後ろは。……すげぇよくしてやるって。双美華様より俺の方が絶対イイぜ…？　――ほら…、俺の、くわえてくれよ」

いやらしく言いながら、二本の指が無造作に那智の唇につっこまれる。

「――ん…ぅ…っ」

息苦しさに那智は首をふった。いったん指が引き抜かれ、強引に顎が押さえこまれて、男の酒臭い口で唇がふさがれる。

――嫌だ…っ！

声にならない声を上げ、那智は反射的に男の唇に嚙みついていた。

「っつ…っ！　てぇ…っ。――このやろうっ！」

思いきり嚙んだので、相当痛かっただろう。

飛び跳ねるように身を起こした秋彦が、激情のまま那智を平手でたたきつけた。

「あぁ…っ」

焼けるような痛みが顔面を襲う。一瞬、気が遠くなりそうだったが、ここで引いたらあとは好きにされるだけだとわかっていた。

再びつかみかかろうとした黒い影に、那智はただがむしゃらに足を振り上げ、蹴りつけた。

「くぁ…っ」

その踵《かかと》だか膝《ひざ》だかが、どうやら男の中心に当たったらしい。

一瞬、男の動きが止まった。その隙を見逃さず、那智は転げるように布団から身体を逃がすと、裸足のままで庭へ飛び降りた。

「クソ…っ！　那智っ、待てよっ、てめぇっ！」

そんな怒号を背中に聞きながら、おぼつかない足で、崩れそうになる身体をなんとか引き起こして、必死に走る。

石を踏んだ足の裏がズキズキと痛んだが、気にとめる余裕もなかった。

ただ夢中で走り、飛びこんだのは——瑞宇のところだった。

暗闇の中でも、位置関係は身体で覚えている。一気に走って、瑞宇の寝室がある縁側へ倒れこんだ。

呼吸だけで精いっぱいで、声を出すこともできなかったが、障子の向こうには明かりが灯っている。影も動いたので、起きていたようだ。

さすがに大きく響いた物音に、瑞宇が怪訝《けげん》そうに障子を開けるのがわかった。そして倒れていた那智を見つけ、大きく目を見開いた。

「那智…！」

声を上げ、あわてて膝をついて那智の身体を抱き上げてくれる。

浴衣はボロボロで、下着も破られて、ずいぶんひどい有り様なのだろう。

「ずい…う……さ……」

しかしその顔にホッとして、那智は男の腕の中に倒れこんだ。

「何が……？」

呆然とつぶやいたが、それでも瑞宇がとっさに那智の身体を抱え上げ、中へ入れてくれる。

ベッドに腰掛けるように、そっと下ろされた。

頭は真っ白なまま、ぶるぶると震える那智を、男の腕がしっかりと抱きしめてくれる。

「大丈夫…、もう大丈夫だからね」

それだけを耳元でささやきながら、髪を撫でられ、腕を撫でられるうちに、ようやく少し気持ちが落ち着いてくる。

ふっと、同じ声を以前にどこかで聞いた気がした。

「水が飲める？」

静かに聞かれ、那智はそっとうなずいた。

那智をいったん離してから、瑞宇がグラスに水を入れてもどってくる。

少しだけそれを飲ませてもらってから、那智は大きく息をついた。

「どうしたの？」

静かに聞かれ、那智はそっと唇をなめてから、ようやく口を開いた。

「秋彦さんが部屋に来て…、いきなり。ずいぶん酔っていたみたいで」

それだけを小さく言う。

それと今の那智の状態を見れば、何があったのかは明らかだったのだろう。

「秋彦が？」

瑞宇の口調が鋭く尖《とが》った。チッ…、と舌を弾く。

「どうするの？　氏明殿に説明しておく？」

その問いに那智は首をふった。

儀式の直前だ。今さらゴタゴタしたくない。

「酔った上でのことですし…。あの人、明日には覚えていないのかも」

さっきのが秋彦の本性だとしても、それはあり得そうだった。あるいは覚えていたとしても、自分の醜態に忘れたふりをするかもしれない。

そうか…、と瑞宇が短く息を吐く。

「まだ君の部屋にいるんだね？　だったら今日はもう帰れないかな…」

淡々と指摘されて、そうだ…、とようやく気づいた。

追いかけてくるとは思えない。どこへ行ったのかもわからないだろう。

あのまま那智の部屋で待ち伏せているか、そのまま寝てしまうか。きっとどちらかだ。

そしてようやく我に返ったように、自分がひどい格好でここに来てしまったことを思い出す。

「あ……」

あわてて、今さらに浴衣の前をかき合わせた。

さっきあの男にされたことが頭をめぐり、涙がぽろぽろとこぼれ落ちる。那智は無意識にぎゅっと瑞宇の腕をつかんだ。

「あの…、男に……」

かすれた声で無意識につぶやくと、那智はすがるように男を見上げていた。

「口……、つけられて……、前…も、触られて……」

なぜだかわからない。人に言うようなことじゃない。

でも、瑞宇ならどうにかしてくれるような気がしたのだろうか。……どうにかして欲しい、と。

そんな告白に、瑞宇がわずかに目をすがめた。

汚いと、思われたのだろうか？

一瞬、胸が潰《つぶ》れそうになる。

しかし瑞宇はそっと手を伸ばすと、那智の頬を撫でてくれた。

「……忘れさせてほしい？」

耳元で静かに聞かれ、那智はそれが自分の望んでいたことだと悟った。

男の目を見つめたままそっとうなずくと、瑞宇が静かに笑ってくれた。涙が出そうになる。

ゆっくりと、優しく額が合わされ、唇が頬をたどり、軽く顎が持ち上げられて、唇が重ねられた。

やわらかな、甘い感触。薄い隙間をこじ開けるように舌が入りこんできて、那智はおずおずとそれを受け入れた。

温かくやわらかな感触から那智の舌を絡めとり、優しく吸い上げる。さっき秋彦に感じたような嫌悪感はなく、いっぱいにこみ上げてくるもので、甘く全身が満たされる気がした。

角度を変え、何度もキスが与えられる。気持ちよくて、せがむように那智もそれを求める。

くちゅっ…、と濡《ぬ》れた音が耳についてドキドキした。

まわされた腕に身体が引きよせられ、密着し、脇腹から撫で下ろした瑞宇の手が那智の中心に触れるのを感じる。

一瞬、ビクッと身を起こした。驚いた目で、瑞宇を見てしまったのだろう。

瑞宇が楽しげに唇の端を持ち上げた。

「ここは？　触ってもいい？」

ちょっと意地悪く聞かれ、かぁっ…と頬が熱くなったのがわかる。

それでも那智は、視線を落としたままうなずいた。

かまわなかった。

本当は双美華様に捧げるものなのだろう。だが、もう汚されたのだ。

だから。だから、この人に全部もらってほしかった。

男の手で那智の中心が包みこまれ、ゆっくりとしごき上げられる。初めて知る快感に、背筋に痺《しび》れが走る。

「……ふ…っ、あ……ん…っ、あぁ……っ」

あっという間に先端からは蜜がこぼれ始め、どうしたらいいのかもわからないまま、那智は

男の肩にしがみついて身体を揺すった。

「うん…、可愛いね」

吐息で笑いながら瑞宇がつぶやき、優しいキスをくれる。頬をこすり合わせながら、さらに手の動きを激しくする。親指の腹で恥ずかしく蜜を滴《したた》らせる先端が執拗《しつよう》にもまれる。

「ひ…あ……っ、――あぁっ…、あぁっ…ん…っ」

その刺激に耐えきれず、那智は伸び上がるようにして前を弾けさせた。

ぐったりと力の抜けた身体が瑞宇の腕に倒れこみ、荒い自分の息づかいが耳に届く。

なだめるように背中が撫でられ、そのままそっと、ベッドへ横たえられた。瑞宇が上から顔をのぞきこんで、指先で乱れた髪をそっとかき上げてくれる。

これからどうなるのか、何をされるのか、するのか。わかっているようで、わからない。

だが、不安はなかった。

瑞宇の手が、なかば脱げかけていた那智の浴衣をゆっくりとはだけさせる。手のひらが脇腹をたどり、狐の時に撫でてもらった手の感触を思い出して、那智はぶるっと身震いした。

しかしゆっくりとすべり落ちた瑞宇の手が片方ずつ足を持ち上げるのに、あっ…、とうろたえた声をこぼしてしまう。

なに…、と思ったら、瑞宇はコップの水を染みこませたタオルで、土に汚れていた足先を丁寧に拭《ぬぐ》ってくれた。

そういえば裸足で走ってきたんだった、と思い出す。

「ご…ごめんなさい…っ」

他人に足を拭《ふ》かせるなんて、初めてだ。

反射的に引こうとした足首がつかまれ、瑞宇が小さく笑った。

そして軽く、なめるみたいにつま先にキスを落とす。

「あ……」

那智は真っ赤になってしまった。

そして身体を起こした瑞宇が、やはり風呂上がりだったのだろう、着ていた浴衣を脱ぎ落とし、那智に身体を重ねてくる。見かけよりは筋肉の張った、きれいな身体だ。さすがに御祓《おはらい》方《かた》だけはある。しかしいくつか痕《あと》になっているキズも見えた。

「恐い？」

じっと見下ろされ、静かに聞かれて、那智は首をふった。

恐くない。ただドキドキする。

「いい子だね」

優しく言われて、それがうれしい。

男の手に全身が愛撫《あいぶ》された。前も後ろも、体中が。

秋彦には触れられていないところまで。自分で触れたこともないようなところまで、全部。

だが、かまわなかった。

何もかも忘れてしまいたかった。

秋彦のことも、儀式のことも。

ただ溺《おぼ》れて、甘やかされて、抱きしめられたかった——。


いつの間にか眠っていたらしく、目が覚めた時、那智はすっぽりと背中から温かい腕の中に抱きしめられていた。

その体温だけでホッと安心する。密着した肌の感触も心地よい。

今まで……誰かとこんなにくっついて眠ったことがなかったから。

窓の外はようやく明るくなり始めたくらいだった。

那智はぼんやりと、何してるんだろう…？　と考え、すぐにゆうべのことを思い出す。

秋彦に襲われて、瑞宇のところに逃げてきて、そのまま——泊まったのだ。

そしてハッと、自分が今、瑞宇の腕の中にいることに気づいて、ビクッと身体を硬直させてしまう。

今さら、だったけれど。

那智はそっと息をつき、少しずつ身体の向きを変えてみる。こっそりと、うかがうように横に寝ている顔を確かめる。

眠っている瑞宇は、髪の毛もバサバサで起きている時よりもちょっとだけ、若く見える。

なんだか新鮮な気持ちだったけど、ゆうべのことを思い出してとたんにうろたえてしまった。

自分でも何がなんだかわからなくて。ただ逃げるみたいにこの人のところに来て。

経験も何もなくて、されるままだったけれど……でもひどく恥ずかしい格好で乱れたことはなんとなく、記憶にある。

腰を振り立てて、愛撫をねだって。そして——体中に何をされたのか。指と、舌と、唇がどこに触れたのか。そして男の硬いモノがどこをえぐったのか。まざまざと思い出して、那智はカッ…、と全身が熱くなった。

今も、おたがいに裸のままだ。

恥ずかしさの中にも、どうしよう…、という思いがこみ上げてくる。

自分は取り返しのつかないことをしてしまったのだろう。

こんな、儀式を明日に控えて——だ。

このままここにいて、誰かに見つかったら、きっと瑞宇がひどく言われるんだろうな…、と
そのくらいのことは想像できて、那智はそっとベッドを抜け出そうとした。

が、わずかに身体を起こそうとした瞬間、背中にまわった腕にぎゅっと強く引きよせられ、

那智は男の胸に顔を埋めていた。ひっ、とうわずった声を上げてしまう。

瑞宇が頭の上でクスクスと笑った。

「おはよう、那智。どこへ行くの？」

「お…起きていたんですか……」

そっと息をついてから、那智は静かに言った。

「ここにいたら、瑞宇さんに迷惑をかけます。一度部屋にもどって――」

「それから？」

ふっと言葉を途切れさせた那智に、瑞宇がうながした。

「氏明様にお詫びを申し上げて、里を出ます」

「はぐれ狐になるの？」

「仕方ありません。私にはもう…、双美華様のお側に上がる資格はありませんから」

言葉にしていくうちに、自分の頭の中も整理できてくるようだった。

そうするしかないのだろう。明日の儀式がどうなるのか。ぶち壊しになるのか、急遽《きゅうきょ》代役が立てられるのか、そのあたりは那智にはわからない。ひどく迷惑をかけるのは間違いない。

「……ダメですね。昨日、あんな偉そうなことを言ったばかりなのに」

そっと、力なく微笑んだ。

「世間知らずな君が、人間界で一人で生きていけるとは思えないけどね？　悪い人間に捕まって、剝製にされちゃうよ」

しかし意地悪く瑞宇に言われ、思わずにらんでしまう。剝製、という言葉に、さすがにビクッとする。

「どうして……っ」

この人は時々、こんなに意地悪になるんだろう？　優しい時もあるのに。

そんな那智の目を見下ろして、瑞宇が吐息で笑った。

「私のところに来たくない？」

指先がそっと、那智の髪を撫でる。那智は小さく息を呑んだ。

「いいんですか？」

「いいよ」

あっさりと答えた瑞宇に、かえってとまどってしまう。

「でも、そんなことをしたら氏明様が……」

きっと黙ってはいない。見ようによっては、御神子《みかみこ》を神様の鼻先からかっさらった、ということにもなるのだ。罰当たりにもほどがある。

いや、氏明よりも、双美華様の怒りを買わないだろうか…、と不安になった。

その矛先が自分に向くのならいい。自分が……この人にすがってしまったから。

だがもし、瑞宇に双美華様の怒りが向けられたら。

「まあ…、そのあたりは覚悟するしかないけどね」

ずいぶんと気楽な様子で、瑞宇が苦笑する。

「でも里を出るのは、儀式のあとの方がいいだろうな」

「え?」

しかしさらりと続けられた言葉に、那智はとまどった。

「奉納舞いがあるんだろう? 今から代役が務まる者はそういないだろうし、儀式が潰れては氏明殿の面目にもかかわるだろう。双美華様をお迎えする儀式はきちんと君が務めて、斎王として入る時に、誰かと替わったらいいんじゃないかな?」

小さく伸びをして上体を起こしながら、瑞宇が穏やかに提案してくる。

何か言いくるめられたような違和感はあるが、しかし確かに、舞いを舞えるのはずっと練習していた自分くらいなのだろう。それに氏明なら、里の者の前で面目を潰されることは相当屈辱に違いなかった。

「もしかすると、お出ましになった双美華様に直接お詫びを伝えて、別の者に代わることをお願いできるかもしれないからね」

「そう……ですね」

その方がいいのだろうか? 里のみんなをだますみたいで、ちょっと気が引けるけれど。

「だから、儀式が終わるまでは氏明殿には黙っておいた方がいいだろうね。そのあとで私も一緒にお詫びを伝えて、……君を一緒に連れて帰るから」

最後の言葉に、とくっ、と心臓が高鳴る。

「ほんとですか……？」

「どうして？　そんなに信用できないかな？」

ちょっと拗ねたように言われて、那智はあわててパタパタと首をふった。

「うれしい……です」

「うん。また油揚げをご馳走してあげるよ」

にやりと言われて、那智はあせって声を上げた。

「そんな…、油揚げが欲しいからじゃ……」

「そうだね。ゆうべの那智は別のものをいっぱいおねだりしてきたからね。油揚げより気に入ったんじゃないかな？」

「瑞宇さん…っ！」

いかにも意味ありげな言葉に、那智は耳まで真っ赤になった。

喉で笑って、瑞宇は那智が殴《なぐ》りかかるのを逃げて、ベッドから下りた。床に落ちていた浴衣を羽織る。

那智も自分の浴衣を拾い上げた。ところどころ破れていたが、まあ、部屋へ帰るくらいはなんとかなるだろう。まだ朝も早く、誰かと会うこともないはずだ。

「そういえば、神殿には今の斎王様がいらっしゃるんだよね？　食事はどうしているの？」

いきなりそんなことを聞かれて、帯を締めていた那智はえっ？　と妙な声を上げてしまった。

「あ、えーと…、一人、運んでいる人が決まっています、確か。氏明様の信任の厚い者が」

そう聞いたことがある。

「那智は今の斎王様とは会ったことはないのかな？」

「神殿に入られてからは、年に一度、遠くから拝見するくらいですね。この三年は、双美華様のお側で潔斎に入られているようですから、ぜんぜん」

那智の返事に、瑞宇がわずかに額に皺《しわ》をよせて、そうか…、とつぶやいた。

「それが、どうかしましたか？」

いきなり聞かれた意味がわからず尋ねた那智に、いや、と瑞宇はあっさりと手をふる。

そして微笑んだ。

「明日の儀式が別の意味で楽しみになってしまったな」

そんなふうに言われて、ちょっと恥ずかしくなる。

だが、自分も同じだった。今まで、その日が来るのを恐がっていたのに。

ダメだな…、と思う。こんなことでは、双美華様に申し訳ない。

「……いいんでしょうか？」

いろいろと不安でポツリとつぶやいた那智に、瑞宇が那智の頬を撫で静かに言った。

「大丈夫。悪いことは何も起こらないよ。……ほら、この鈴が守ってくれる」

裸の時も唯一身につけたままだった左手の鈴に、瑞宇がそっと触れる。

――大丈夫。

この人にそう言ってもらえると、なぜか安心する。

はい、と那智はうなずいて、戸口でキスをしてもらってから、そっと自分の部屋へもどっていった。

心が浮き立つような幸せな気持ちだったが、それでも部屋が近くなると、あっ…、と思い出した。

まさか、もういないよな……？

部屋が見え始めるとことさらゆっくりと進み、那智は開いたままの障子の端から、そっと顔だけをのぞかせて中を確認した。いつになく寝乱れた様子の布団が目に入ったが、秋彦の姿はない。

ホッとして、足を踏み入れた瞬間だった。

いきなり横から伸びてきた手に中へ引きずり込まれ、あっという間に壁に身体が押しつけられた。

「朝帰りかよ…、たいしたタマだよな……」

ギラギラとした目で那智をにらみ、まだいくぶん酒臭い吐息がかかるほどの距離で秋彦が言った。

どうやら夜中、この部屋にいたらしい。

「あの御祓方のところにいたんだろ？　見かけによらず手が早いな…、人間どもが。しかも御神子に手を出すとは、うちの一族もなめられたもんだ」

「それはあなたでしょう…！」

憎々しげに吐き捨てた秋彦を那智はまっすぐににらみ、ぴしゃりと返した。

「酔ってただけだろ？　ほんの冗談みたいなもんさ…。あんなに逃げることなかったんだぜ？」

それにちょっと体裁が悪いように視線をそらせ、秋彦が口の中で言い訳する。

「それよりおまえ、どういうつもりだ？　自分の立場、わかってんだろうっ？」

「それは……」

さすがに那智は口ごもる。それでもしっかりと口にした。

「私が…、もう双美華様のお側に上がれないことはわかっています。儀式が終わったら、氏明様にはお話しするつもりです」

「おまえ、バカかっ！　おまえはあいつらに利用されているだけだぞっ」

しかし噛みつくように言われて、那智は一瞬、意味がわからなかった。

「利用…？」

「あいつら、ずっとこそこそ嗅《か》ぎまわってたんだよ、この里をな。里のやつらにも話を聞きにいってたみたいだし。……ったく、俺に近づいたのだって偶然じゃないのかもしれない」

　どこか落ち着かなげに口にして、秋彦がようやくおとなしくなった那智から手を離した。いらいらと爪を噛む。

「嗅ぎまわるって……？」

　いったい何を？

　混乱し、無意識に喉元の合わせを指でつかみながら、那智はかすれた声で尋ねた。

「双美華様のことだ。双美華様は里の守り神だが、……あー、昔はちょっと悪いこともしてたみたいだからな。今頃になってあら探しを始めたんだろ。封じ込めて点数稼ぎがしたいのさ」

「悪いことって……なんですか？」

　何もかも初めて聞くことで、那智は混乱しながらも必死に追いつこうとする。

「もう何百年も昔のちょっとした悪さだよっ。誰かを祟《たた》ったとかさ…、今さらつっつくようなことじゃない！」

　いらいらと秋彦が吐き出した。

　——本当だろうか？

　那智は考えこんでしまった。

　しかしふっと、さっき別れ際に瑞宇が尋ねてきたことが頭をよぎる。いきなり斎王について聞いたのは…、双美華様の様子とか、居場所を知るためだった……？

ふっと、そんなふうにも思えて、あわてて首をふった。

そんなはずはない。そんな、自分を利用だなんて。

しかし嫌な考えはじわじわと毒素のように身体の中をまわっていく。

でも…、まさか、儀式が終わるまで御神子を務めるように私に言ったのは、双美華様に近づくために……？

ごくり、と無意識に唾《つば》を飲む。

そんな那智を頭から怒鳴りつけるように、秋彦は言葉を続けた。

「だいたいおまえ、御祓方なんぞに近づいていい状況じゃないだろっ！　自分のしたこと、忘れたのかよっ？」

「私のしたこと……？」

まったくわけがわからなかった。

「とぼけるなよ。俺は見てたんだぞ」

そんな那智をあざ笑うように、秋彦が口元をゆがめた。

「三年前……おまえが人を殺したところを」

いきなり男の口から出た言葉に、那智は大きく目を見張った。

言われた意味がわからなかった。

──人を……殺した……？

そんな、まさか。

とっさに否定する。が、──三年前……？

その符合にスッ…、と全身から血が引きそうになった。

「村祭りの時だよ。おまえ、山の中で人間の男と争ってただろ？　カメラマンだよな？　ごついカメラ持ってたし。なんかもみ合いになってさ、おまえ、人間相手に力を使って、相手の男を崖《がけ》の上から川に突き落としたじゃないか」

耳に入ってくる秋彦の言葉が、とてもまともにつかみきれない。

だが頭の中に閉じこめていた記憶の蓋《ふた》が、秋彦の言葉でこじ開けられるようにして一気に開いていた。

言葉ではない。断片的な映像が頭の中に──目の前に、浮かんでくる。

……そうだ。あの日……祭りの帰り。神社の奥宮のあたりまで行ったところで、男に捕まった。カメラマンだった。写真を撮ってやるとしつこくて…、断っても追いかけてきて。奥の沢の上まで引きずり込まれ、のしかかられて、浴衣を引き剝がされて。しかも、その状態を写真に撮られた。カメラのフラッシュがまぶしくて……恐くて。

気がつくと男を突き飛ばしていた。男は悲鳴を上げて、暗闇の中、渓流へ転がり落ちた……。

堰《せ》き止められていたものが一気に溢れ出すように、頭の中を流れていく。

「あ……」

無意識に頭を押さえ、那智はずるずると壁に背をつけたまま、床へすわりこんでいた。

……あの日、人を……殺していた……?

「俺は一族のおまえのことだから、今まで誰にも言わずに黙っててやったんだぞっ? 一族の仲間と、あの人間と、どっちを信用するつもりだっ!?」

秋彦の怒鳴り声が遠く、耳をすり抜けていく。

自分のしたことの衝撃が大きくて、今まで忘れていた……思い出さないようにしていたのだろうか。

「あの男は御祓方だ。人殺しの妖祇《あやかし》をそのまま放っておくわけはない。おまえを利用するだけ利用したら、おまえは調伏《ちょうぶく》されるんだよっ!」

――調伏……。

突き刺さる言葉に、ガクガクと身体が震えてきた。

人を、殺していた。瑞宇は、自分を調伏するために来た……? 双美華様を封印した、そのあとで?

一緒に連れて帰ってくれるというのは……調伏して、という意味だったんだろうか?

だったら確かに簡単だ。氏明の許可などもらうまでもない。

もう何がなんだかわからなかった。どうしたらいいのか、何を信じたらいいのか。

「おい、那智！」

秋彦が那智の手首をつかみ、無理やり立たせる。そして目の前で唾を飛ばすように言った。

「いいか!?　今すぐあいつらを追い出さないと大変なことになるぞっ。里は双美華様を失ったら、もうこの場所にはいられない。おまえだって、消滅させられるんだっ」

――消…滅……。

肩をつかんで揺さぶられ、那智はさすがに身震いした。一気に体温が下がった気がした。

「いいな、俺は今からオヤジにやつらのことを話してくる。おまえはゆうべ、あいつに襲われたって言うんだ。ホントのことだろ？　御神子に手を出したんだ。里の者だってみんな、黙ってないさっ。やつら、儀式を待たずにすぐに追い出されるぞ。そうすれば里も安泰だからな」

自分の考えに興奮したように喜色を浮かべ、力強く言うと、秋彦がどすどすと大股《おおまた》で廊下を歩いて行く。

しかし那智は、秋彦がいなくなったこともほとんど意識にはなかった。

無意識に両手で自分の身体を抱きしめ、再びずるりと床へ崩れ落ちる。

泣くこともできない。

人殺し。人殺しだったんだ…、自分は。

瑞宇は……自分を調伏するために来たのだ。

双美華様と自分とを。

◇　◇

バタバタと複数の足音が近づいてくるのに気づいた時、兄弟は朝食を終えたところだった。

そのいつにない荒々しい様子に、ふっと二人の視線が交わる。何かあったのか、と。

どうやら楽しい状況ではなさそうな気がした。

ノックもなく、いきなり外の格子戸《こうしど》が開かれ、次の瞬間、たたきつけるように中の襖《ふすま》が開かれた。

立っていたのは、氏明《うじはる》と息子の秋彦《あきひこ》、そして使用人たちが五、六人はいるだろうか。みんな一様に険しい表情だった。

「これは氏明殿、おはようございます。朝からどうされましたか？」

何かあったことは間違いないが、瑞宇《ずいう》はとりあえず何気ない様子で口を開いた。

その瑞宇を、氏明がまっすぐににらんでくる。

「白峰《しらみね》の者としては、知良《ちいら》の方々を敬意と好意を持って精いっぱいお迎えしたつもりでしたが、このような無礼な返礼をうけるとは思ってもおりませんでしたよ！」

ぴしゃりと厳しい口調だった。

「どういう意味でしょう？」

難しい顔で腕を組んだ妥真《やすま》とちらっと目を合わせてから、瑞宇は静かに尋ねた。

実際のところ、まったく心当たりがない。

「知良さん、あなたはゆうべ、那智《なち》をこの部屋に連れこんで乱暴を働いたそうですね。那智は明後日には双美華《ふみか》様のもとへまいることが決まっている御神子《みかみこ》ですよ？　それをよくも恥知らずにも…。あきれてものも言えませんっ。怒りは収まりませんが、これ以上、あなた方を里に置いておく理由はないようです。今すぐに、里から出て行っていただけますか」

ぴしゃりと、反論を許さない口調だった。

しかしさすがに瑞宇はあっけにとられた。

「那智が……そう言いましたか？」

そして探るように尋ねる。

「そうですよ。かわいそうに…、ひどくショックを受けている」

ちらっと氏明が肩越しに後ろを見た先に、那智が立っていた。

女の使用人に付き添われ、今にも倒れそうに真っ青な顔をしていた。小さく震えながら、ようやくそっと顔を上げたが、瑞宇と目が合った瞬間、怯《おび》えたように顔を背ける。

――いったい……？

朝から今までの短い間に、何があったのか。想像もつかなかった。

「いくら知良の御祓方《おはらいかた》の方々とはいえ、このような無体を働いた上、まだこの里を混乱させるようでしたら、出るところに出て今回のことを報告し、しかるべき処遇をしていただくようにするつもりですから。そのことをしっかりと覚えておいてください」

そう言うや、氏明が合図し、ついてきていた使用人たちが無言のまま、奥の部屋へずかずかと入りこみ、瑞宇たちの荷物を無造作にまとめ始めた。

「ちょっと、待ってください！」

「瑞宇」

思わず声を上げた瑞宇だったが、妥真が短く止める。

小さく首をふって、今は引くしかない、と言外に伝えてくる。瑞宇たちにしても、氏明たちはともかく、他の狐たちに手を出すわけにはいかなかった。

有無を言わさない、素早い対処だ。

そのまま厳しい表情の狐たちに囲まれるようにして、否応なく瑞宇たちは山を下ろされた。

神社の裏まで来た時、人質みたいに彼らが持っていた荷物が乱暴に放り出され、憎々しげな眼差しが二人をにらみつけた。

「なんて外道《げどう》だっ。御神子様に手を出すなんて……」

「二度と里に顔を見せるなよっ！　クソやろうっ！」

口々に罵《ののし》られ、唾《つば》を吐かれる。まさに、石もて追われるというのはこういうことなのだろう。

「まいったな…」

彼らが山へもどっていく後ろ姿を見送ってから、ハーッ、と妥真が長い息を吐いた。やれやれ…、というように頭をかく。

そしてちろっと、ただ険しい表情で山を見上げていた瑞宇を盗み見た。

「おまえさ…、手ぇ出すタイミングってモンを考えろよ。中学生じゃねぇんだから、もう少しぐらい我慢できなかったのかよ…」

ぶつぶつと文句を垂れる。

「仕方がないでしょう。あんな据《す》え膳《ぜん》、食べなきゃ男じゃありませんよ」

瑞宇は表情も変えないまま、むっつりと返した。そしてなかば独《ひと》り言のようにつぶやく。

「それにしても、いったい何があったんでしょうね…?」

ゆうべのことが氏明たちにバレて脅された…、とか?

だが脅されたくらいで、那智があんなになるとは思えない。心を決めていたはずだ。

「おまえがヘタすぎて、なっちゃんが幻滅したんじゃねーのかー?」

「そんなつまらない冗談を聞く気分じゃありませんね」

どこか棒読みで言った妥真を、瑞宇はぴしゃりと一言でたたき伏せた。

「まぁ、しかし、こうなったからには作戦を練り直さねぇとな…」

妥真がようやく放り出されていたカバンに手を伸ばしたのに、瑞宇も自分のボストンバッグを拾い上げる。

とりあえず車にもどるしかなく、二人が歩き出した時だった。

『――あの…！　待って！　待ってくださいっ』

背中から荒い息づかいの声が聞こえてきて、二人はふっと振り返る。

一匹の黒茶の狐がものすごい勢いで走り下りてきた。

『聞きたいことが……あるんですけど』

立ち止まった二人の足下まで来た狐はしばらく息を整えていたが、やがて顔を上げて言った。

固い、思い詰めたような口調だった。警戒しているようなところはあるが、他の里の者のようにあからさまに嫌悪したり敵対する様子はない。

「君は？」

『あ…、俺、冬江《ふゆえ》っていいます。この間、神社で那智と一緒に会った』

言われて、ああ…、と思い出す。那智の友達だ。

冬江の方も思い出したように、人間に変化《へんげ》した。那智とは違って、ざっくりと服を着た形にもなれるようだ。

「聞きたいことというのは？」

あらためて尋ねた瑞宇に、冬江がそっとうかがうように瑞宇の顔を見上げてきた。

そしてしばらく迷っていたようだが、やがて決然とした様子で口を開いた。

「あの…、あなたたちは本当に……那智を調伏《ちょうぶく》するために来たんですか？」

その問いに、瑞宇は思わず眉《まゆ》をよせた。

「まさか…」

あまりに意外な言葉に、瑞宇は一瞬、そうつぶやくことしかできなかった。

「那智くんを調伏する必要なんかないだろう？　どうしてそう思ったんだ？」

横から妥真が口を挟む。

「それは……、那智が人を殺したって。秋彦さんが那智にそう言ってたんです。三年前、那智が人を崖《がけ》から突き落としたって。ホントですか？　ホントに那智は人を殺したんですかっ？」

真剣な、思い詰めた表情だった。

あっ…、と瑞宇は息を呑《の》んだ。

「心当たりがあるようだな？」

腕を組み、妥真が目をすがめて問いただしてくる。

思わず長い息を吐いて、瑞宇は首をふった。

「それは違うよ。那智がそう思っているのなら、勘違いだ。……秋彦がそう言っていたのか？」

「秋彦さん、三年前にその現場を見たって。でも俺、秋彦さんのこと、なんか信用できなくてさ…。那智のこと、いやらしい目で見てたし」

瑞宇の言葉に少し安心したのか、ボソボソと冬江が話し始めた。

どうやら今朝方、部屋に帰った那智を秋彦が待ち伏せしていたらしい。その時の会話を、こっそりと冬江が聞いていたようだ。

三年前、鈴替えをしたあと、本当にうれしそうに、大事そうに鈴を両手に包んで帰っていく那智を、瑞宇はなんとなく目で追っていた。そして那智のあとをつけていく男を見かけ、急いであとを追ったのだ。人混みが災いして、何度も足止めを食らっている間に、那智は男を突き飛ばしていた。

あの時、秋彦が見ていたとは思わなかった。瑞宇のことに気づかなかったとしたら、少し遠くからだろうか。そしてすぐに逃げたのだろう。

瑞宇は小さくため息をついた。

「三年前、確かに那智は男を突き落とした。だがわざとじゃないし、那智のせいでもない。正当防衛と言えるくらいだろう。それにその男は死んでないよ。ケガはしたけどね。だから、そのことで那智をどうこうする必要はない」

きっぱりと言うと、冬江が目に見えてホッと安堵《あんど》の色を浮かべた。

「よかった…。三年前、あいつ、一人で抜け出したりしたから」

だからあれほどショックを受けていたのか…、と瑞宇もようやくわかった気がした。

「そういうことは早く言っとけよ…」

妥真がむっつりとうなる。

しかしあの時、那智が人にケガを負わせたことは間違いないのだ。瑞宇は男を病院へ放りこんでやったが、だがあの場合、非があったのは明らかに人間の方だった。だから瑞宇も、見なかったことにした。それが一番簡単だと思った。

本当なら那智を捕らえなければならない立場だった。

だがこうなってみると、あの時にあえて那智を捕らえて里から引き離しておけばよかった、と思う。

一歩踏み出した瑞宇は、冬江の肩に手を置いて言った。

「帰って、那智に伝えてくれるかな？　那智は人殺しなんかしてないって。私もちゃんと見ていたよ。男を病院に運んだから確かだ。あの男は骨折程度だよ」

ついでにカメラのデータを消去し、失神していた那智を里の入り口においてきたのだ。

「それが……」

冬江が困ったように顔をしかめた。

「那智、氏明様に奥の部屋に閉じこめられちゃったんですよ。儀式の時まで、もう誰も会わせてもらえなくて」

瑞宇は思わず舌打ちした。

そんな瑞宇たちをちろちろと上目遣いにして、冬江がさらに言葉を続けた。

「あの…、秋彦さんがあなたたちは双美華様についても嗅《か》ぎまわってる、って言ってたけど…、双美華様、何かあるんですか?」

そんな言葉に、ほう…、と瑞宇はうなった。

「秋彦はこちらの動きに勘づいていたのか…。ただのバカじゃなかったわけだ」

「おまえは双美華様に会ったことがあるのか?」

妥真の問いに冬江が首をふった。でも…、と小さくつぶやく。

「ホントはこんなこと言っちゃいけないんだろうけど。双美華様が那智のこと…、独り占めするのはちょっとずるいよな、って思ってた」

おずおずと言った言葉に、瑞宇は思わず冬江をじっと見つめてしまった。

この子も那智のことが好きなのだろうか?

ちょっと微笑《ほほえ》ましいような、ちりっと嫉妬《しっと》するような思いが喉元《のどもと》まで湧《わ》き上がる。こんな子供に。

ふむ…、と妥真が顎《あご》を撫《な》でながら小さくうなる。

「根性のありそうな子だ。物事もはっきり見えてるようだしな。……この子に話してみたらどうだ?」

「そうですね…」

そんな会話を交わす二人を、冬江はちょっととまどったように見比べる。

「落ち着いて聞く気があるかな？　双美華様の正体と、氏明たちのことだけどね」

静かに言った那智に、冬江は一瞬、怯えたような目をしたが、それでもしっかりとうなずいた――。


儀式の朝。まだ薄闇が残っているほどの早朝だった。

瑞宇たちは教えてもらった別のルートから山へ入った。

里の近くまで行き着くと、身を潜めて冬江を待つ。秋も深いこの時期、山奥のこの時間はかなり肌寒い。

まもなく冬江が姿を見せ、里人の姿がないのを確認して、二人を中へ入れてくれた。

結界を破ることとは、御祓方である二人にとって不可能ではないが、力ずくだと相手に知れる。

「神殿は奥です」

そう言って冬江がいったん館の庭に入りこみ、奥へと進んでいく。

「注意してください。儀式の日だから、ふだんより早く起きてる者も多いと思います」

母屋《おもや》から渡り廊下を伝って、大きな神殿が奥へと伸びている。

「那智は…、どこにいるのかわかる？」

　ふっと母屋を振り返って尋ねたが、冬江は首をふった。

「奉納舞いの時には舞台に出てくるはずですけど。……あ、あそこです」

　冬江が指さした方には、屋外の能舞台のような東屋《あずまや》が神殿の一辺から廊下、というか、花道のような通路から先に向かって突き出していた。

「俺も…、こっから先へは入ったことがないんです」

　ちょっと震える声で、冬江が言った。里の狐にとっては、禁忌とされている神殿への立ち入りは、やはり勇気のいることなのだろう。

「ここまででもいいよ？」

　瑞宇は静かに言ったが、冬江は首をふった。

「いえ…、最後まで。ちゃんと見届けたいですから。あなたたちが言っていることが本当なのかどうか」

「よし。さっさと行こうぜ。時間がない」

　妥真の野太い声に押され、三人はそっと神殿の中へ足を踏み入れた。

　静謐《せいひつ》。本当に物音一つしない、静かな空間だった。斎王《さいおう》が暮らしているはずだったが、人の気配はまったくしない。

　冬江が不安そうにきょろきょろしている。

靴のままに上がりこみ、四方に気配を探りながら、三人は徐々に奥へと進んでいく。

やがて大きな空間へと出た。

なんだここ…？　と冬江が小さくつぶやいたが、畳ではなく板の間で、柱だけが林立しているような、障子も襖もないぶち抜きの広間だ。それが左右に長く伸びている。廊下にしても、幅が広い。

一方はどうやら、さっきの舞台の方へ続いているようだった。

ちらっと妥真と視線で確認してから、三人はその反対方向へと足を進めていく。

しかし本当に話し声一つ聞こえず、冬江は次第に息苦しくなってきたようだった。

「斎王様…、どこにいらっしゃるんでしょうか……？」

あえぐように尋ねたが、これだけまわって気配も感じられないというのは。

「いないな…」

眉をよせて、妥真がつぶやく。だがいないはずはないのだ。

さらに進んでいくと、ふいに障子が現れた。用心しながら細く開けて、中を確認する。中は畳敷きだったが、やはり人の気配はない。

三人は中へ入って、あたりを見まわした。

二十畳ほどの広い和室だった。床の間があり、押し入れの中には厚い布団も入っていて、ここは使われているような気配がある。……いや、使われていたような、というべきだろうか。

障子の桟《さん》には薄く埃《ほこり》がたまっていて、少なくともしばらくは使っていないようだ。

「どういうことだ…？」

独り言のように、妥真がうめいた。

兄弟の作戦としては、まず斎王の身柄を確保するつもりだったのだ。安全のためにも、邪魔にならないためにも。双美華の情報を引き出すにも。

「あ…、でも斎王様は双美華様がおやすみになっている間は潔斎に入っているようですから、どこかにおこもりなのかも」

冬江が思い出したように言う。

「潔斎ね…」

瑞宇は思わずつぶやいた。何かが違う。何か、おかしかった。

肌を刺すようなこの空気は、人の気配がない、という以上の異変を伝えていた。

その部屋の奥の障子を開けると、小さな庭に通じているようだ。

何気なく瑞宇がその庭をのぞきこんだ時だった。

隅の方に無造作に置かれていた大きな壺《つぼ》の中に、妙な形の白いものがあるのに気づく。音を立てずに苔《こけ》むした庭に下り、瑞宇は手を伸ばしてそれをつかみ出した。

――これは……。

ハッとする。一瞬、血が凍った。

「瑞宇？」

縁側から呼びかけられて、瑞宇は振り返ると同時に手にしていたモノを兄に投げる。

なんだ？　というように受けとってから、わずかに目をすがめた。

「これ…、まさか、骨ですか…っ？」

横から何気なくのぞきこんだ冬江が、悲鳴のような声を上げた。

そう、骨だ。この壺の中に入っているのは、全部。――しかも。

「狐の骨格のようだな…」

頭蓋骨《ずがいこつ》らしきモノを見つけて、瑞宇は拾い上げた。

それを持って二人のところにもどると、わぁぁぁっ！　と叫んで、冬江が飛びすさり、尻餅《しりもち》をつく。

「……どういうことだ？　誰の骨だ？」

妥真が首をひねったが、考えられることは一つしかない。

「斎王の骨なんでしょうね。あの壺の中身が全部そうだとすると、歴代の斎王方みんな、骨になったということです」

「そんな…っ、どうして……!?」

冬江が混乱したようにうめく。

「双美華様に食われた、ってコトじゃねぇのか？」

あっさりと言ってのけた妥真に、冬江が蒼白《そうはく》な顔で息を呑んだ。

「でも斎王は毎年一回は姿を見せて、里の豊穣《ほうじょう》と安寧《あんねい》を祈るのでしょう？　だとすると…、つまり双美華様が三年間の眠りにつく前に食われる、ってことでしょうか？」

「冬眠前のクマみたいだな」

瑞宇の言葉に、妥真が頭をかきながらデリカシーのない表現をする。

「しかし食べられたとしても、肉は神様の『食料』にはならない。神や魔物が必要とするのは、生命力…、精力ですから。つまり、それまでの九年間、斎王は生かされているということでしょうね。おそらく……双美華様への生《い》け贄《にえ》として」

頭の中を整理しながら、瑞宇は淡々と口にした。

そういえば、御知花《みちか》様が言っていたことを思い出す。

『双美華はさ…、私に負わされた傷がまだ全快してないと思うんだよね。早く治すにはそれなりの栄養をとってると思うよ』

なるほど、と妥真が引き取る。

「精気を吸いとるためにか。生かしておいて徐々に吸いとって、九年で吸い尽くし、ついでに肉を食らって眠りにつく。起きたら、新しい生け贄が用意されているってことだ」

――そう。今年は那智が。

瑞宇は思わず目を閉じた。

「そうか。好みの生け贄を用意させる代わりに、双美華様は氏明に金を渡しているわけか。持ちつ持たれつってやつだな」

妥真がうなった。

「やっぱり……双美華様は魔物なんですか……？」

青い顔で冬江が尋ねてくる。

「そうだね。まあ、斎王の命と引き替えに、この里を守っているとも言えるのだろうが」

おそらく氏明の要求は、金と里の守りだろうから。

冬江が小さく唇を噛《か》みしめた。

「でもそんなのは…、間違ってる」

「それは考え方次第だね。自分が容認できるかできないかというだけだ」

自己犠牲をもって、里を守ろうとする者もいる。

瑞宇は淡々と言った。そして尋ねる。

「那智にそうなってほしい？」

冬江が大きく目を見開き、ぶるぶるっと首をふる。

「私もだよ」

小さくつぶやいて、瑞宇は微笑んだ。

「早く双美華様を探そう。寝ている間に始末をつけたい」

しかし言うほど、それは簡単ではなかった。

なにしろ神殿は広く、どんなふうに双美華様が「寝ている」のかもわからない。冬眠みたいなものだろうか？

次第に時間が過ぎていき、遠くの方からお神楽《かぐら》の音色が細く聞こえてきた。

あっ、と冬江があせったような声を上げる。

「舞いが…、始まったみたいだ」

瑞宇も眉をよせる。あせりが喉元までせり上がってくる。

「……おい。何か聞こえないか？」

と、その時、ふっと動きを止めて妥真が言った。

「神楽ではなく？」

「いや、違う。もっと低い……何か引きずるみたいな音だ」

言われて、瑞宇も耳を澄ます。

と、確かに、ずず…ずずず…、という音が奥の方から聞こえていた。

三人は思わず顔を合わせてしまった。

その音が何なのか、まったく想像ができない。しかしこの神殿の中からしているということは、双美華に関係があるはずだった。他に、生きているモノはいないのだから。

足音を忍ばせ、三人はさっきの広間に通じる杉戸《すぎど》の手前まで来た。

そっと耳を押しあててみると、確かに、何かを引きずるような音が少しずつ、大きくなっているのがわかる。

瑞宇たちがいる戸の前を通っているようで、彼らは思わず息をつめた。

通り過ぎたあと、後ろから正体を確かめようと思ったのだが、なかなか終わりにならない。

思わず妥真と顔を見合わせ、少しだけ、瑞宇は戸を開けてみた。細い隙間《すきま》から、外の様子を確認する。

——と。

目の前に現れた光景に、瑞宇は思わず目を見張った。声が出そうになった口を、とっさに手のひらでふさぐ。

これは……。これが双美華様の正体なのか……？

御知花様はにやにやするだけで教えてくれなかったのだ。

瑞宇の様子に、妥真が替わって外を見て、そしてひどく顔をゆがめた。

「なん…ですか……？」

固唾《かたず》を飲むように、冬江が尋ねてくる。

「見ない方がいいが、見ておかないと動きようがないな」

そう言って、妥真が顎で指す。

覚悟をつけたように、冬江が細い隙間に顔を近づける。そして。

「——うわぁぁぁぁぁっ！」

こらえきれず、すさまじい悲鳴を上げて飛びすさった。

「あっ、バカ！」

妥真が小さく叫ぶ。

その瞬間、さすがに相手もこちらの存在に気づいたようだ。

ずずず…、と引きずるような動きがピタリと止まる。

そして次の瞬間、バン！　と何かに飛ばされるような勢いで目の前の戸が破られた。いや、目の前から一瞬にして消えた、と言っていい。何か太くうねる黒いものに弾かれたのだ。

避けるまもなく、勢いのまま、三人は後方へ飛ばされていた。破れた板戸と一緒に、身体《からだ》が思いきり床へたたきつけられる。

さらに空気がうなるような音が耳に近づき、瑞宇と妥真はとっさに左右に分かれてよけたが、柱にたたきつけられた冬江が、なかば意識をもうろうとさせてうずくまっている。

すかさずその身体を、太く黒いしっぽのようなモノがたたき潰《つぶ》そうと大きく振りかぶった。

「冬江！」

叫ぶと同時に妥真が飛び込み、危うく冬江の身体を突き飛ばして転がった。

「や…妥真さん…っ」

バシッ！　と床をたたいたしっぽがすさまじい音を立て、板を破壊していく。

立ち上った土埃に妥真の姿が埋もれ、冬江が悲痛な声を上げた。

しかしその埃の中、しっぽにしがみついていた妥真が放り出された空中で体勢を整え、ヘビの背中、そして床へと二段階で着地する。

瑞宇は横目で二人を確認してから、相手の反対側にまわりこみ、全貌《ぜんぼう》をつかもうとした。

うねうねと動く、太く長いモノ。胴回りは瑞宇が一抱えするくらいではとても足りない。硬そうな、黒光りする肌。全長は……わからない。薄暗い神殿の中で、柱に巻きつくようにして身体を伸ばしている。

双美華様の正体は、ヘビ、だった。

――しかも。

呆然とそれを眺めた瑞宇の耳に、シュウッ…、という音がかすめた。背後からだ。

それが何かはわからなかったが、瑞宇は反射的に身をかがめ、その勢いから目の前のヘビの胴体をダイブするようにして跳び越えた。

赤いモノが一瞬、瑞宇の頭上をかすめていく。髪が何本か巻き取られたようで、引きちぎられたのがわかる。

「――つっ…！」

体勢を直すとともに振り返った瑞宇の目の前に、ヘビが真っ赤な舌を伸ばしているのが目に入り、さらに後ろへ避けた。

「瑞宇、気をつけろっ！　右にもいるっ！」

妥真の声が飛んできて、瑞宇は振り向きざま、指でネクタイを引き抜いた。

その勢いでしゅるっと伸ばしたネクタイが銀色に光を弾く長い一本の刀となり、敵を見ないままに思いきり振り抜いた。

手応えというほどのものはない。が、ピシッ、と音がして、ヘビの二枚舌の先を切り取ったらしい。

キュゥゥゥッ……！　と悲鳴のようなものを上げて、ヘビが大きな頭を引く。

しかしそのヘビの頭は、真っ白だった。

ハッと振り返ると、妥真がさっき瑞宇が跳び越えた黒いヘビの頭を相手にしている。

予測できない角度から襲ってくる鎌首《かまくび》を必死に避け、時折ペッ！　と吐き出される毒素を間一髪でかわす。

頭が二つあるのだ。黒いのと、白いのと。双頭のヘビだった。

どうやら一つしかないしっぽは、上半分が黒く、下半分が白いらしい。

「なんだ…、この魔物……」

呆然と広間いっぱいに身体を伸ばしているヘビを見つめ、足がすくんだように立ち尽くしたまま、冬江がつぶやいた。

「早く逃げろ！」

瑞宇は振るった刀でヘビの注意を引きながら、怒鳴りつける。

すでに、里の人間に見つかることを気にしている場合ではなかった。

双美華様が目覚めてしまったのだ。

さすが怒っているらしく、二つの頭をあちこちにぶつけ、いくつか柱も折れている。外の狐たちも、さすがにこの異変には気づいているだろう。

「行け！」

瑞宇はうねっているヘビの背中を足場にして冬江に近づくと、後ろからかばったままヘビの喉元から斜めに斬り上げるが、皮は硬く、まったく刃が通らなかった。とっさにヘビの目を狙《ねら》って刀を閃《ひらめ》かせる。

「外へ出て、近くに里人がいれば遠くへ避難させるんだ！」

「は…はい！」

瑞宇の声に、冬江が我に返ったようにうなずいた。そしてようやく足を動かし、転ぶようにしながら外へ駆け出していく。

瑞宇はその道を確保してやりながら、何とか白ヘビの死角へすべりこんだ。

柱の陰に身を隠し、妥真の様子をうかがうと、同様に刀を振るい、図体に似合わず素早く動く黒ヘビの頭を避けている。瑞宇より豪腕な振りだが、やはり刀では傷を負わせることはできないようだ。

その動きを確認し、瑞宇はズボンのベルトを引き抜くと、タイミングを測る。

「妥真！」

声を上げると、妥真が察したように、徐々にこちらに近づいてくる。

そして妥真が別の柱の陰に飛びこむと同時に、クロスするように瑞宇が反対側から飛び出し、伸ばしたベルトを黒ヘビの頭――首に引っかけた。そのまま素早く柱に結びつけ、怒ったようにくねらせる胴体を避けて、別の柱へと身を移した。

長い胴体はすぐ側でのたのたしていたが、一番危険な鎌首からは距離をおいてホッと一息つく。しかし、ベルトを引きちぎろうとバタバタ暴れているようで、実際、時間の問題だ。白ヘビはまだ執念深く二人を捜している。

「アレを封じられるのか…？」

汗を拭《ぬぐ》い、思わず瑞宇はうめいた。知らないうちにヘビのしっぽで肌が裂けたのか、背中で汗が沁《し》みた。

息を整えながら、妥真がきっぱりと言った。

「なりはでかいが、寝起きならまだフルパワーってわけじゃないだろ。やるしかないさ」

封じるための壺は用意している。

瑞宇はポケットからそれを出して確かめた。手のひらにのるほどの小さなもので、コルクのような蓋《ふた》がついている。大きさは問題ではない。

——ただ。

「二匹入るのか……？」

つぶやいて、瑞宇は顔をしかめた。

双美華様がこんな形状だとは知らなかったのだ。御知花様もわざわざ教えてくれなかったし。

「しっぽは一つだろ？　入るんじゃないのか」

相変わらず、妥真はおおざっぱだ。

「何にしても、少しあいつの動きを止めないとな…」

そうするうちに黒ヘビはベルトを引きちぎったらしく、白い頭と一緒になって怒り狂ったようにしゅるしゅるとかなりのスピードで床を這《は》っていった。

瑞宇たちは気配を殺して、いったんそれをやり過ごす。

「……おい。このままあいつが外へ出ると、能舞台の方だぞ」

妥真の指摘に、瑞宇はハッと身体を起こす。

——那智……！

そしてものも言わず、走り出した。

◇

◇

晴れの舞台のはずだった。衣装は美しい、純白の狩衣《かりぎぬ》姿だ。

しかし身体は重く、まともな舞いになっていない。身体が覚えているので、音楽に合わせて動いているだけだ。

那智の頭の中は真っ白だった。

私は人殺しで、卑怯者《ひきょうもの》だ――。

その思いだけが、頭の中を埋め尽くした。

瑞宇たちを追い出してから、那智は氏明に別の部屋に閉じこめられた。

「おまえがそんなに尻の軽い淫乱《いんらん》だとは思わなかったよ。ずいぶんな恥をかかせてくれたものだな。双美華様にも顔向けできんわっ」

そんなふうに怒鳴り散らされたが、やはり今から代役は立てられないようで、儀式での務めは負うことになった。

しかし那智にしてみれば、もうどうでもいいような気がしていた。

無責任、なんだろうけど。

……瑞宇さんも、妥真さんも、何も悪くなかったのに。

一人で部屋に残され、放心していた時間が過ぎると、ようやくそのことに気づく。

御祓方《おはらいかた》はあの二人の務めなのだ。瑞宇はその務めを、自分で選んだと言った。そして自分が人殺しなら、調伏されるのは仕方がないことだった。なのに。

瑞宇を、悪者にした。里の者たちは、彼らがどれだけ悪人だと思っただろう。

人殺しだと糾弾《きゅうだん》されるのが恐くて。……人殺しだと知っていて、あんなに優しくしてくれた人に。

あの夜のことも、自分から求めたのだ。そう言うべきだった。せめて。

知らず、涙が溢《あふ》れた。

それに気づいたらしく、舞いを見ている者たちはちょっとどよめいたが、感激しているのだろう、と好意的に受けとったようだ。

もう一度会って、あやまれるだろうか。もう帰ってしまっただろうか。

……でも双美華様の、何を調べていたんだろう……？

うつろな表情で踊りながら、ぼんやりと思った。

と、緩やかな音楽の中に、何か雑音のような音がまぎれてくるのにようやく気づき、那智はふっと足が止まってしまった。

どうやらその音は舞台を取り囲んでいる他の狐たちにも聞こえるようで、ちょっとざわつき始めていた。

――なに……？

ズルズルズルズル…、という耳慣れないその音は那智の背後から聞こえてくる。

ふいに、客席からか細い悲鳴が上がった。那智が振り返るのと同時だった。

しかし初めそれが何だかわからなかった。大きな影が頭上から迫ってくる、というくらいで。

次の瞬間、それが大きく口を開いたヘビだとわかって、那智は立ちすくんでいた。

黒い、すさまじく巨大なヘビだ。その太い胴体が長く神殿から舞台までの花道いっぱいに伸びている。

しゅぅっ、と赤い舌が伸び、丸呑みにしようとする勢いで襲ってきた。

「あ……」

逃げることもできず、那智はとっさに両腕で自分の身体をかばった。

だがそんなことで身が守れるはずもない。

――死ぬんだ……。

と思った。

ヘビに食い殺されたくなんかなかったけれど、それも自分への罰なのかもしれない……。

どうしてこんなところにこんなヘビがいるのか、そんなことを考える余裕もなかった。

「那智！　鈴をっ！」

しかしぎゅっと目をつぶった時、せっぱつまった叫び声が聞こえてくる。

――鈴……？

ぼんやりと、無意識に鈴をつけたままだった左手をそっと持ち上げた。

すると、何かに共鳴するように、いきなり、しゃりん…、と鈴の音がした。

え？　と思った次の瞬間、バシッ、と何かを打ちつけるような鋭い音が響き、同時にヘビの頭が何か見えないものにはね飛ばされて、どさっと舞台の床から半分地面へ垂れていた。

観客たちがすさまじい悲鳴を上げて、逃げ惑う。

何が起こったのかわからなかった。しかしハッと顔を上げた那智の目に、紐がちぎれて飛び散った鈴が見える。

代わりに、その鈴が那智の身を守ってくれたように。

「那智……！」

震えながら呆然とその場ですわりこんでいると、渡り廊下の奥、神殿の方から誰かが自分を呼ぶ声がした。

覚えのある、男の声――。

「え……？」

思わずぼんやりとつぶやいてしまう。まさか、と思う。

しかしものすごい勢いで走ってきた男の顔を確認するまもなく、那智はさらわれるように抱きかかえられたまま舞台から飛び降りていた。

その背中を、今度は白いヘビの頭がものすごい勢いでかすめていく。ブン…！　と風がうなる勢いだ。肌がこすれ合うほどの距離。

「ハァァァ……ッ！」

那智を地面におくと、振り向きざま、瑞宇は手にしていた刀を下手に持ち替えて、大きく開いたヘビの口の中へ突き刺した。

頭の上から血が飛び散る。ヘビが痛みにか大きくのたうち、瑞宇が刀を手にしたまま振り払われるように飛ばされる。

あっ、とあせったが、瑞宇は体勢を直して地面に着地した。

「おいで！」

そして那智の身体を引きよせると、さらに舞台で身体をくねらせるヘビから後退した。

「瑞宇…さん……？」

しかし那智には何が起こっているのかわからなかった。

ただ、今自分に触れてくれているのが瑞宇だということだけ。

「どう……して……？」

それしか言えなかった。声が涙に溺《おぼ》れる。

「君を連れて帰ると言っただろう？」

小さく笑って、さらりと瑞宇が言った。指先が優しく、那智の前髪を撫でてくれる。

「そんな……」

泣きそうになった。思わず首をふる。

そんなことはできなかった。あんなにひどく裏切ったのに。

それとも、それが瑞宇の務めなのだろうか？　調伏し、自分を連れて帰ることが。

……だったら、うれしかった。もう少しだけ、一緒にいられるのなら。

「先にこれをどうにかしないとな……」

かまわず瑞宇がかすれた声でつぶやき、いきなり那智の身体を片腕で引きよせたまま、跳躍する。黒いヘビの攻撃を避けて、ステップを踏むように、一回、二回、と続けざまに飛んだ。

「ここにいて」

そして那智を庭の築山《つきやま》の陰に隠すと、舞台の方にもどっていった。

里の者たちがみんな逃げてしまった中、舞台でとぐろを巻くようにして、ヘビが二つの頭からシューシューと威嚇音を発している。白黒の双頭のヘビだ。あらためて見て、呆然とする。

ずっと瑞宇の動きを目で追っていた那智だったが、ようやく妥真もいることに気づいた。

剣を手に、白いヘビを相手にしている。瑞宇は黒い方だ。

二人ともヘビの頭やしっぽの攻撃をかわしながら身体に迫り、太刀《たち》を浴びせているようだが、ヘビの皮は硬そうで、なかなか決定打にならない。

ハラハラしながら見つめる那智の目に、ふと、それが映った。

瑞宇たちはほとんど頭に向かって戦っているので、気がついていないのかもしれない。

しかしヘビの方も動きまわったせいか、後ろ――しっぽの、ちょうど白と黒が二股に分かれている部分が、少しだけ、裂けているようだった。動きすぎたのか、ピンクっぽい中の肉が見えている。

ぞっとしなかったが、那智は思わず声を上げていた。

「後ろです！　しっぽの分かれ目のところを…！」

その声が届いたようで、一瞬、瑞宇の視線が那智をとらえる。

そしてさすがに兄弟の御祓方だ。こういう魔物との戦いも、場慣れしているのだろうか。

連携をとって誘うように動き、双方の頭を大きく引き離しておいて、二人そろってヘビの背中へ飛びかかった。

二本の刀で、同時に胴体が分かれている部分へ斬りつける。

「ぐ…あぁぁぁぁぁぁ……っ！」

どちらの叫び声なのか、うなり声なのか。

力のこもったその声とともに、ヘビの身体が大きく宙へ跳ね上がったのがわかった。

おびただしい量の赤紫の血が噴き出し、二つに切り裂かれたヘビが地響きを立てて地面に落ちる。土埃の中、断末魔のように身体を大きくくねらせた。

「き…きさまら…っ！　何ということをっ！　きさまら……っ！」

ふだんの貫禄《かんろく》のカケラもなく、氏明が髪を振り乱してわめいているのが遠く見えた。

しかし二人には聞こえていないのだろう。

「瑞宇、封じるぞ！」

妥真の声に応えるように、瑞宇がポケットから小さな壺のようなものを取り出す。

地面でうごめくヘビの前に置き、妥真と二人、刀で手早く地面へ印を彫る。

「行くぞっ」

二人が口の中で祓詞《はらえことば》を唱え始めた時だった。

ぴくぴくと動いていた黒いヘビがゆっくりと鎌首をもたげ、瑞宇の足下に近づいていたのが、那智の目に入った。瑞宇の足をすくおうとするみたいに。

「危ない…！」

反射的に叫んで、那智は飛び出していた。

いっぱいに手を伸ばし、迫ってくる那智に気づいたようにその黒いヘビがふっと首を向ける。

「那智っ、来るな…！」

瑞宇のあせった顔が目に飛びこんでくる。そして次の瞬間――。

パリン…と音を立てて、壺がこなごなに砕け散った。

その隙を突くように、シュッ…！　と空気を裂いて黒ヘビが動いたかと思うと、那智の身体にぶつかるように飛びかかって来た。

「那智…っ！」

瑞宇の喉が裂けるような声が聞こえる。

確かにヘビは自分の身体にぶつかったはずで、しかし那智に痛みはなかった。

ただ一瞬、喉元を――いや、喉の奥を風が走ったような感触があった。

気がついた時、目の前からヘビは消えていた。どうなったのか、まったくわからない。

「那智……」

呆然と、目を見開いて瑞宇が那智を見つめていた。そして妥真も。まるで信じられないものを見るみたいに。

「あ……」

何が起こったのか。ようやく、那智はわかった。というより、感じた。

那智の口から、ヘビが飛びこんできたのだ。

自分でも信じられなかったし、気持ちが悪いとは思う。が、どうせ調伏される身だと思えば、かまわなかった。これで、半分でもヘビがいなくなるのなら。

ヘビは、那智の身体の中で動き始めていた。腹の中で何かがうごめくような気持ちの悪さと、吐き出される毒気で、頭の芯が濁り、那智は思わず膝《ひざ》をつく。荒い息がこぼれる。

腹部が急激に膨れあがり、今にも食い破って出てきそうな気がする。

瑞宇がハッと我に返ったように、残ったもう一匹――白いヘビに向き直った。

「妥真！　もう半身を封じろっ！」

「しかし、壺が……」

妥真がいつになく顔色を失っている。

「私の中に封じるんだっ！　急げっ！」

「瑞宇っ、よせ…！」

妥真が目を見開く。

「一度に封じなければ意味がないっ！」

叫びながら、瑞宇は挑発するように白ヘビの前に立った。

「瑞宇…！」

「早くしろ！　那智の身体がもたない……！　あいつは那智の精気を吸いとって出てくる気だ！」

苦しい息の下で、そんな二人の声が聞こえてくる。

けれど、那智にはもう状況がよくわかっていなかった。意識が濁ってくる。

「来い……！」

残った白いヘビをにらみ、瑞宇が迫った。

険しい顔で瞑目《めいもく》し、妥真が祓詞を唱える。

ヘビが抵抗するように鎌首を持ち上げて舌を出し入れする。しかし引きずられるように徐々に身体が動き、その大きな身体が一気に宙に引き上げられた——と思ったら、次の瞬間、吸いこまれるようにかき消えていた。

「つ…っ、ぅ……」

同時に片手で顔を、いや、左目を覆って、瑞宇がわずかに身体を折った。

うつろな那智の目には、煙のように細く伸びた白いヘビの身体が瑞宇の左目に吸いこまれたように見えた。

「瑞宇…っ！」

とっさに走りよってきた妥真が、腕を伸ばして瑞宇の身体を支える。

瑞宇が肩で大きく息をしているのが、ぼんやりと那智の目に映る。

いつの間にか、体中の息苦しさや痛みがすーっ…と流れ落ちるように消えていた。

何があったのかわからず、無意識に喉元を押さえる。

「これは無茶だろう……」

妥真が絞り出すようにうめいた。

「大丈夫ですよ…。私の身体なら、十分に強力な封印になる」

「そりゃそうだが、おまえ……」

静かに言った瑞宇に、妥真があきれたように首をふっている。

「逃げられる前に早く、氏明と息子の身柄を押さえてください。里の者への説明は…、冬江にしてもらわないといけませんね。里長に話してもらいましょうか」

テキパキと言われ、ハイハイ、と妥真が肩をすくめながら事後処理に動き始める。

「――あ、そうだ。瑞宇、アレ」

妥真に手を差し出され、ああ…、と思い出したように、瑞宇が懐から折り畳んだ懐紙のようなものを妥真に渡す。

それを受けとりながら、妥真がちらっと那智を見た。

厳しい眼差しが一瞬解けて、いつもの気のいい男の顔になる。

「あとで那智にも里長とは話してもらわねぇとな。多分、今、一番信用されるのが那智の言葉だ」

そんなふうに瑞宇に告げているのが耳に入るが、正直、意味はわからない。

それを見送ってから、瑞宇が那智を手招いた。

那智はおずおずと瑞宇に近づく。

「大丈夫？」

静かに聞かれて、那智は泣きそうになった。

自分より、瑞宇の方だ。

「大丈夫……ですか……？」

思わずそっと、手のひらで瑞宇の目に触れる。少し熱を持っているような気がした。

「大丈夫だよ。血も出ていないだろう？　一瞬、痛みがあっただけだから」

そんな言葉に、ちょっとホッとする。

しかし瑞宇が大きなため息をついた。

「悪かったね。君を…、器《うつわ》に使うことになってしまった」

那智はぶるぶると首をふった。

「……ごめんなさい」

あやまらないといけないのは、自分の方だ。小さく唇を噛んで、那智は小さく言った。

「そうだね。那智にはずいぶんひどいことをされたな」

くすくすと笑って言われ、さらに悄然《しょうぜん》とうつむいてしまう。心臓がキリキリと痛んだ。

そっと瑞宇の手が伸びてきて、殴られるのかと一瞬、那智は目を閉じ、身体に力をこめた。

が、温かい手のひらが那智の頬を撫で、顎をとって、そっと触れるだけのキスをくれる。

ハッと、那智は目を見開いた。

「君は人を殺してはいないよ。大丈夫。あの時の男はちゃんと生きているから」

その言葉に、大きく目を見張った。

「本当……ですか?」

「本当だよ。悪かったね。あの時、言っておけばよかった」

苦々しく顔をゆがめる瑞宇に、那智はようやく気づいた。

「じゃあ…、瑞宇さんなんですね? あの時…、私を里まで連れて帰ってくれたの」

『大丈夫だよ』

髪を撫でながら繰り返しささやかれた、優しい声。——そうだ。この声だ。

「思い出した？」

微笑んで聞かれて、那智はうなずく。

「三年前に鈴替えしてくれたのも……、瑞宇さんですよね……？」

「そう。実は今年もしたんだよ？」

ちょっとイタズラっぽい声で言われ、えっ？　と那智は声を上げてしまう。

「君に返した鈴は新しいやつだよ。お守り代わりにね。とんでもないのが近くにいるようだったから」

「あ……」

那智は目を瞬かせる。

さっき、那智の身を守ってくれた鈴。だから紐も変わっていたのだ。

ハァ…、と肩から大きく息をついて、那智はぼんやりとめちゃくちゃになった舞台を見つめた。奥の神殿も半分ばかり屋根が落ち、床も抜けてひどい有り様になっている。

あんな大きなヘビが自分の中に入っているなんて、いまだに信じられない。

あ…、と突然、那智は根本的なところがわからないままだ、と思い出した。

そもそも。

「あのヘビ…、なんですか?」

真面目な顔で尋ねた那智を驚いたように見つめ返し、瑞宇がぷっと噴き出す。そして次の瞬間、弾けるように笑い出した。

「なんで…っ?」

意味もわからず、那智はうろたえつつ、真っ赤になってしまった。

――なんか、変なことを聞いただろうか……?

君の運命だったモノだよ。

笑いながら、瑞宇はそんなふうに答えた。


双美華様に破壊されたのは奥の神殿から舞台の方だったので、館の母屋は問題なく使えるようだった。

瑞宇たちも里長の許可を得て、再び客室に泊まっている。

あのあと、里長や他の仲間たちに双美華様の正体や、氏明たちがしてきたことを説明し、氏明親子は引き取りに来た刑務担当の妖使《あやかし》に引き渡された。

だが双美華様を失った里は、ほとんど丸裸同然の無防備な状態になってしまったので、それを避けるために瑞宇たちも考えてくれていたようだ。

それがあの時、瑞宇が妥真に渡した懐紙の中身だ。どうやら、「御知花様の鱗《うろこ》」らしい。

双美華様より力のある龍の神様で、代わりにその鱗を里の四方の隅に埋めておけば、結界の役目を果たしてくれるという。とは言っても、五年に一度くらいは新しいものに取り替える必要があるのだが。

自力で結界が張れるまでは、とりあえずなんとかなりそうだった。

それぞれにそんな作業を手伝っていたので、どうしようかな、と思ったが、いったん自分の部屋に帰った那智は、夜も更けてから屋根裏を伝って客室まで出かけていった。

今となっては屋根裏を使う必要もないのだろうが、やっぱり誰かに出くわすと恥ずかしい。

でも、今日のうちに聞いておきたいこともあって。

「おやおや…、そのルートが好きだね」

天井から様子を見るように顔をのぞかせると、瑞宇がくすくすと笑う。

狐のままですべり下り、ベッドの上にちょこんとすわってから、那智は尋ねた。

『あの…、このヘビって、ずっと身体の中にいて大丈夫なんですか…？』

「恐い？」

瑞宇がゆったりとベッドに腰を下ろしながら尋ねてくる。

『……少し』

那智は正直に答えた。

『でっ…でも、瑞宇さんも一緒だから……大丈夫』

自分だけじゃないのだ。

あわてて続けた那智に、瑞宇が微笑んだ。

そして、おいで、と自分の膝をたたく。すでに寝間着代わりの浴衣《ゆかた》姿だ。

那智は少しためらったが、やがてのそのそと男の膝に上がりこんだ。ちょっとうかがうように上目遣いにしてから、丸くなってすわりこむ。

手慣れたふうに、器用な指が那智の身体を撫でてくれた。耳のつけ根から、顎、首筋。脇腹。足も。……気持ちがいい。無意識にしっぽが揺れてしまう。

「もちろん、身体の中に封印しておくにはいろいろと注意は必要だろうね。なにより、もともと一つのモノだから、二匹のヘビを長く離してはおけないかな」

『えっ？』

からかうように言われた言葉に、那智は思わず声を上げてしまう。

――つまり、器である自分たちも離れられない、ということだろうか？

でも瑞宇の顔からはそれが嘘か本当か、判断できない。うかがうように聞き返してしまう。

『ホント……ですか？』

「本当だよ、それは」

瑞宇が苦笑した。

「だから…、那智を一緒に連れて帰ってもいいかな？」

優しく聞かれ、那智は言葉もなく何度もうなずいた。

「よかった。じゃあ、それを確認した上で、私は今夜はずっと、このふわふわの可愛い毛を撫でてないといけないのかな？　もちろん撫で心地はいいんだが、……そうだな。もうちょっと違う感触が恋しいんだけどね？」

いかにも意味ありげな言い方だ。那智にも言いたいことはわかる。

『そ…それは……』

那智はちょっとうろたえて、赤い顔で（狐だとわからないが）、上目遣いに男を見る。

『変化《へんげ》……した方がいいですか……？』

「そうだね。私が変化できないのでね。このまま私が我慢できなくなったら、那智のきれいな毛が血まみれになってしまうかもしれないからねえ…」

のんびりとした口調で恐ろしいことをしらっと言われ、那智は男の膝の上で飛び上がった。

そしてあわてて変化する。……当然、それは裸なわけで。

「準備がいいね」

ベッドの上で、裸でちょこんとすわりこんだ那智を楽しげに眺め、瑞宇がわざとらしく目を瞬いてみせる。

「そ…そんなつもりじゃ……」

「そんなつもりじゃなかったら、何のつもりかな？　裸で男のベッドの上にいるんだよ？」

しかしさらに意地悪く、瑞宇が尋ねてくる。

「こんなにいやらしく誘ってきて、そう言われてもねえ…」

とぼけるように言いながら、瑞宇が何気ないように手を伸ばし、那智の喉元を撫で上げる。

思わず身体を反らし、あっ…、と危うい声がこぼれ落ちた。

そのまま軽く押されるだけで那智はベッドに倒れこんでしまう。真上からじっと見下ろされ、那智の表情を楽しむように、男の指が白い肌をたどっていった。

喉元をくすぐるように撫で、鎖骨から胸へとすべらせていく。それだけで、ビクッビクッ…と肌が震える。

指先で小さな乳首が二、三度弾かれ、それだけで早くも硬く尖《とが》ってしまうのがわかる。

「那智は敏感だよね…」

吐息で笑うように言われ、恥ずかしさに、那智は唇を噛んだ。

自分が他の人に比べて敏感なのかどうなのか、それもわからない。けれど、そう言われると無性に恥ずかしい。

「あぁ…っ」

さんざんいじられた片方の乳首が、ふっと身をかがめた男の舌先でねっとりとなめ上げられ、知らず甲高い声が飛び出してしまう。さらにやわらかくついばまれ、舌で転がすようにたっぷりと唾液《だえき》を絡みつけられたあと、指先できつく摘《つま》み上げられる。

「ひ…ぁ…っ、あぁぁ…ん……っ！」

頭のてっぺんから突き抜けるようなすさまじい刺激に、那智はたまらず声を上げた。

ズクズクと身体の奥から何かが崩れていきそうで、無意識に膝をすり合わせてしまう。

低く笑い、瑞宇はさらに指先で尖った芽を押し潰し、いじりまわす。

「んっ…あっ…、あぁ……っ」

そこばかりが攻められ、だんだんと那智は焦れるように身体をよじった。

どうにかして欲しいのに、何をどうしたらいいのかもわからない。

「ずい…う……さん……っ」

請うように、那智は涙目で男を見上げた。

「こっちは？」

瑞宇はとぼけるように言いながら、もう片方の乳首を爪で弾く。触れられてもいないのに、それは硬く芯を立ててしまっていた。

「どうしたいの？」

耳元でとろりと誘うようにささやかれ、那智は真っ赤になったままうめいた。

「さわ…て……」

「自分でしてごらん?」

しかし意地悪く言われて、ハッと目を見開いた。楽しげに笑う瑞宇の顔は、到底許してくれそうになくて。

那智は恥ずかしさをこらえて自分の指を伸ばし、そっと乳首に触れた。

コリッと硬い感触で、押し潰すと、ジン…と沁みるような疼《うず》きが広がる。那智は夢中でそれをいじってしまっていた。じっとそれを見つめる男の視線を感じながら。

「あぁっ…、あぁぁ……っ」

やがてその那智の指の上から舌が這わされ、唾液で濡《ぬ》らされて、さらに敏感に感じてしまう。

「ああ…、いいよ。私がしてあげるから」

やがて優しく額が撫で上げられ、軽くキスを落とされると、那智の指が引き剝《は》がされた。代わりに舌先で愛撫《あいぶ》され、もう片方は指でなぶられる。

那智はどうしようもなくなった両手でシーツをつかみ、こみ上げてくる波を必死にかわすように身体をよじった。

「気持ちがいい?」

恥ずかしい表情を見つめられながら耳元で聞かれ、那智はとっさに首をふった。

「ホントかな?」

瑞宇が低く笑って言うと、片方の手をスッ…と下肢へ伸ばした。

「ああ…、やっぱり。嘘はダメだな」

指先で那智の中心がなぞられ、すでにそれが硬く反り返して、先端から蜜をこぼしているのが教えられる。さらに手のひらで握られ、強弱をつけてこすり上げられて、那智はたまらず腰を振り乱した。

「やぁっ…、やっ…、ダメ……っ」

ほとんど経験がないだけに、自分がどうなのか、まったくわからない。

こんなに感じていていいのか、こんなに恥ずかしくこぼしていていいのか。

下肢を手で巧みになぶられながら、さっきさんざんいじめられた乳首が舌先で再び味わわれ、濡れて敏感になったところをさらに指でいじられる。

「こんなの……、おかしい……ですか……?」

泣きそうになりながら、那智は尋ねた。

「秋彦さんに……触られた時……、あの……」

言いかけて、口ごもってしまう。

「どこ？　触られたのは」

ふっと瑞宇の愛撫の手が止まり、いくぶん冷たい声に聞かれて、那智はビクッ…と肩を震わせた。口で答えられず、片手でそっと自分の中心に触れる。

「は…、初めて……触られて……、その」

「反応した？」

淡々と聞かれ、情けなく那智はうなずいた。涙がポタリ…と落ちる。

「そうか…、初めて触られたのか……。ぶっ殺してやればよかったな」

独り言のように、ぶっそうなことをさらりと言う。

ハッと那智は目を見開いた。

「ごめんなさい……」

思わずあやまる。

ああ…、と気がついたように瑞宇が優しく那智の髪を撫で、そっと額に、そして唇にキスを落とした。

「那智が悪いわけじゃないよ。反応したのも、仕方がないことだからね」

言いながら、大きな手のひらがそっと那智の中心を握りこんだ。

「あぁぁぁ……っ！」

優しくこすり上げられる感触に、那智は男の腕にしがみつくようにして夢中で腰を揺する。

いったん手を離した瑞宇が身を起こし、ぐったりとシーツに横たわった那智の膝を無造作に押し開いた。

あっ…、と一瞬、大きく目を見開く。力がこもり、反射的に閉じようとしたが、瑞宇は許さなかった。強い力でさらに恥ずかしく広げさせられる。

内腿《うちもも》が撫でられながら、すでに濡れそぼったモノが男の口にくわえられて、那智は気が狂ったように腰を振り乱した。

根元をこすられながら先端が甘噛みされ、こらえる間もなく、那智は男の口の中に放ってしまっていた。

「ご…、ごめんなさい…っ、ごめんなさい……っ」

それでもまだ甘く痺《しび》れる下肢を疼かせながら、那智は泣きじゃくってあやまった。

顔を上げた瑞宇が指で唇を拭い、くすくすと笑った。

「聞いたかな、那智」

そして足を絡めるようにして那智の頭を抱きこみ、耳元で言った。

「双美華様はね…、人に姿を変えて斎王と交わってたんだそうだよ。精気を吸いとるために、ほとんど毎日ね。すごいテクニシャンだったらしくてねえ…、斎王が激しく乱れるほど精気の質がよくなって悦《よろこ》ぶんだそうだ」

自分も……そんなふうに毎日吸いとられたんだろうか、と思うと、さすがに那智は背筋が冷たくなる。

「だから私たちも、中のヘビが欲しがって暴れないようにしてやらないとね。那智がいやらしく乱れて、いっぱい欲しがるだけ、満足させられると思うよ？」

そう言って、いたずらっぽい目が那智の顔をのぞきこんでくる。

……それはヘビの問題じゃなくて、瑞宇さんの趣味じゃないんですか?

と、言葉にはしなかったが、那智はちょっと拗《す》ねた目で男を見上げてしまう。

どうせ口にしたところで、言い返されるだけだし。

「だから、いくらでもいやらしく乱れていいんだよ?」

白々しく言いながら、瑞宇の膝が那智の中心を微妙な動きでこすり上げた。

「……んっ…、は…ぁ…っ」

那智は思わず男の腕に爪を立て、なかばこすりつけるようにして腰を揺する。

那智を腕に抱きこんだまま、しばらくそれを続けたが、やがて身体を離し、瑞宇が確かめるように那智の下肢を無造作に持ち上げる。

「あ……」

恥ずかしくこぼした蜜をまとわりつかせ、那智のモノは早くも力を取りもどしていた。

那智は思わず両手で顔を覆ってしまう。

「可愛いね…」

クスクスと笑ってその先端にキスを落とし、男の舌は根元からさらに奥へとすべり落ちる。

閉じられないように淫《みだ》らに足を広げられたまま、細く続く道筋から一番奥までが指でこするようにして愛撫される。さらに舌でたどられ、何か危ういような刺激に那智はビクビクと腰をふった。

そしてようやく、指先で押し広げられた襞《ひだ》が舌でなだめられた。一枚一枚めくるように舌先が動き、丹念に濡らされる。

「やぁ…っ、あぁぁ……っ」

反射的に逃げようとした腰が引きもどされ、さらに奥まで舌先が入りこんで味わわれる。

いやらしく濡れた音が絶え間なく耳に届き、那智は身体を火照《ほて》らせたまま、どうしようもなく身体をよじる。

そして舌の愛撫に溶けきった襞が指先でかきまわされ、ジンジン…と腰の奥が疼いてたまらなくなるのがわかった。

もっと——奥に欲しいのに、男の指はいつまでもやわらかな襞をいじるばかりで。

ねだるみたいに浅ましく、襞が指に絡みついてしまう。

「瑞宇……っ、……もう……っ」

どうしようもなく腰をくねらせながら、那智はうめいた。

身体の奥でヘビがちろちろと赤い舌を出しているようだった。

もっと、もっと、欲しくなる。もっと別の、強い刺激が。

「どうしようかな…?」

楽しげにとぼけるように言いながら、男の指がクッ…、と深く中を突いた。

「あぁぁぁぁ……っ！」

それだけで那智は腰を跳ね上げ、食いちぎるほどに男の指を締めつけてしまう。

それが無造作にずるり…と引き抜かれ、那智はたまらず腰を振り乱した。

「いやっ、いやっ…、まだ……っ」

男が喉で笑う。

「あぁっ、いい……っ」

そして抜けてしまう直前に再び深くうがたれて、那智は陶酔したような声をこぼし、身体を大きく反《そ》り返した。

早くも天を指した先端から、ポタポタ…っ、と蜜が滴り落ちる。

それが指先で強く弾かれ、那智は悲鳴のような声を上げた。

どうしようもなく手が伸び、那智は自分のモノに指を絡めてこすり上げてしまう。

「こらこら…、自分でしてはダメなんだろう?」

笑いながら言われ、男の手に引き剝がされて、那智はいっぱい首をふった。

もう御神子《みかみこ》じゃないのに。

「こ…こすって…っ、前……こすってください……っ」

「ダメだよ。那智はこのままイキそうだね…」

そのまま二本の指でさんざん中をかき乱され、息も絶え絶えになるほどの快感に、那智はあえぎ続けた。

触れられないままに先端からは止めどなく蜜が滴り、恥ずかしいばかりに濡れそぼっている。巧みに中を愛撫する指は、那智がイキそうになると動きが止まり、とうとう引き抜かれてしまった。

「いやぁ…っ、お願い…っ」

那智は腰を揺すりながら恥ずかしくせがむ。

瑞宇がなだめるように涙に濡れた頬を撫で、そして何か硬く熱をこもらせたモノをいやらしく収縮する襞にこすりつけた。

「あっ…」

それが何か気づいて、思わずうわずった、もの欲しげな声がこぼれてしまう。

期待に胸がドキドキするのがわかる。肌の下でかぁっ、と体温が上がる。

その間、それをもらった時の痛みと、それを塗りつぶしていく果てしない快感を思い出して、頭の中がくらくらしてくる。

「瑞宇……さん……っ」

しかしいつまでたっても奥へ来てくれず、那智はせがむような声をこぼした。

「欲しいの？」

笑いながら聞かれて、那智は何度もうなずく。

「まだダメだよ。私を強姦魔《ごうかんま》にしたお仕置きだからね…。今日はもう少し、那智の焦れる顔を見てからだな」

「そんな…っ、そんな……っ」

ゆったりと余裕を見せるように那智の髪を撫でながら言われ、あせったのと失望とで、涙がぽろぽろこぼれてくる。

「瑞宇さん…は……、意地悪です……っ」

「そうだよ。好きな子はいじめるのが楽しいから」

必死になじった那智に、瑞宇は澄ました顔で答えた。

好き――。

そんな言葉が、うれしいのか、悔しいのか。

「那智…、私のことが好きかな?」

頬をこすり合わせながら聞かれて、那智は何度もうなずく。

「言って」

「好き…っ、好き…っ……――ああ……っ」

うながされ、抵抗する余裕もなく、那智は何度も口にする。

「欲しい?」

「欲しい…っ、欲しい……っ。瑞宇さん…っ、あぁ…っ、あ…、お願い……っ、もう……っ、――早く…っ」

何度も腰をふってねだらされ、何度もせがんで。

「いい子だ」

顔にいっぱいキスを与えられて。

「ひ…ぁ…っ、あぁぁぁぁ………っ！」

ようやく男のモノが疼いてたまらなかったところに与えられた瞬間、那智は熱い波に呑みこまれ、意識を飛ばしていた。

だがそれも、ほんの数秒だったのだろう。

熱く湿った肌が、那智の身体を包みこんでいるのがわかる。

那智の後ろには、まだ硬い男が入ったままだった。

「あ……」

それに気づいて、カーッと赤くなる。

無意識にそれを締めつけ、味わっている自分の腰にさらにいたたまれない気がする。

吐息で笑い、軽く腰を揺すられて、溺れるように那智は男の首に腕をまわした。

「んっ…、あぁ…っ、あぁっ……あっ……ん…っ」

リズムをつけるようにさらに激しく腰が使われて、イッたばかりのモノが男の硬く締まった腹にこすられ、あっという間に力をもどし始めているのがわかる。

「また……、あぁ……っ」

恥ずかしくて顔を見られないように男の胸に埋めた那智の髪を、瑞宇の手が優しく撫でてくれた。

「かまわないよ。何度でもね…」

言いながら、男の手が那智の中心に触れ、強弱をつけてこすり上げてくれる。

「あっ…、あっ……」

那智は男の肩に爪を立て、腰を揺すりながら、何度目かの絶頂を迎えた。

同時に中が男の出したもので濡らされたのがわかる。

それにホッとして。うれしくて。

そっと確かめるように男の顔を見た那智の頭が引きよせられ、舌が絡められる。

何度も何度も、唾液が滴り落ちるくらいキスを交わす。足を絡め合う。

「那智を……連れていくからね」

じっと目を見て静かに言われ、はい…、と那智はうなずいた――。

それから一週間後――。

里長を中心に新しいまとまりができつつあるのを確認して、那智は里を離れた。

それを見届けるまでが、御神子として最後の務めだと思っていた。

瑞宇が迎えに来てくれて、もう隠れる必要はないので、今日は瑞宇の腕に抱かれたまま、山を下りた。

わらわらと里の狐たちが麓《ふもと》近くまで見送りに来てくれる。

『いつでも…、会えるようになったんだから』

名残惜しそうな冬江に、那智は強いて明るく言った。

外へ出られないわけじゃない。少しずつ、里も変わっていきそうだった。

それに冬江も大きくうなずく。

『そうだな』

新しくもらった鈴をつけた前足を振りながら、那智は車に乗りこんだ。

「やっぱり白峰《しらみね》の者には恨まれることになりそうだね…」

瑞宇が苦笑する。

確かに、那智は里に残るように説得されたのだ。だが、身体の中に封印したヘビを理由に押し切ることができた。

那智が行くか、瑞宇が来るか——だが、御祓方に一カ所にとどまるように言うのは無理だ。

結局、瑞宇がかっさらう形になったのである。

数時間もかかる道のりだったので、那智はいつの間にかしっぽを枕にするようにして眠っていた。

そして真夜中に近づいた頃、ようやく、ついたよ、と起こされた。

瑞宇に抱き上げられたまま、寝ぼけ眼で鳥居をくぐり、うっそうとした夜の神社の迫力にちょっと息を呑む。

御知花神社――と言うらしい。瑞宇の実家だ。

砂利石の境内へ入っていくと、いきなりどこからか声が響いた。

『おまえが那智かい？』

ヒッ！　と那智は全身の毛が逆立ちそうになる。

反射的に真っ暗なあたりを見まわしたが、人の姿は見えない。

御知花様だよ、と瑞宇が何でもないように言った。

「ただいま帰りました」

そして丁重に口にする。

どうやら、この神社の神様らしい。

ヘビどころではなく、龍の祟り神だと聞いていた。

『よ、よろしくお願いいたします…っ』

那智はあわてて、挨拶《あいさつ》する。

『ほう、ずいぶん美形の狐だな。性格も素直そうだし、おまえにはもったいないよ、瑞宇』

にやにやと笑うような気配。嫌がらせみたいな言葉。

「よけいなお世話ですよ、チカ様。那智をいびらないでくださいね」

むっつりと瑞宇が釘《くぎ》を刺す。

どうやら瑞宇たちは、御知花様を「チカ様」と呼び習わしているらしい。

……しかし、神様相手にこの遠慮ないセリフは。

那智は目を丸くしてしまう。里ではとても考えられない。

『ふふん…、双美華も半分に裂かれておとなしくしているようだな。まあ、人が飼うには半分くらいがちょうど使いやすいだろう』

どこか楽しげな御知花様の声。

身体の中の双美華様が見えるのだろうか?

『うまく使いこなすことができれば、知良の仕事に役に立つだろうさ。せいぜい、精気を全部吸いとられないように気をつけることだ』

そんな歓迎の（?）言葉とともに、ふっ…と御知花様の気配が消える。

那智は目をパチパチさせてしまった。

「大丈夫。ちゃんと気に入られているよ」

どことなく不安だったのだが、瑞宇にそう言われてホッ…とする。

「お稲荷《いなり》様じゃないけどね」

真っ白な打ち掛けに綿帽子を被ったような白狐が、この日、御知花神社にやってきたのだ。

十八年前の秋だった。

※　　　※

『俺を殺すのか……?』

低い押し殺した声で、ひとくくりにされた両手——前足でつり下げられた狐が瑞宇に尋ねる。

声が低いのは、震えているのを悟られたくないからかもしれない。意地の強そうな狐だ。

「殺されたいのかな?」

感情のない目にまっすぐに見返され、ふっと狐が息を呑んだ。

そしてそっと首をふる。

「それはそうだろうな…。だが、このままにはできないからね」

息をつめ、狐が瑞宇を見つめ返す。

「でも那智の前で、狐を殺生したくはないからね。……まあ、よほどのことがなければ」

『じゃ……？』

干からびた声で、狐が口にする。

「調伏して印をつけるしかないな」

さらりと言った瑞宇の言葉に、狐が憎々しげに顔をゆがめた。

『俺を…、式祁《シキ》にして顎で使う気だなっ!?　ボロボロにして使い捨てにする気なら、死んだ方がマシだっ！』

式祁というのは、式神のようなものだ。

主に調伏した妖祇《あやかし》を、式祁として手元において使役する。基本的に、式祁は自分を調伏した主に逆らうことはできない。

血相を変えてわめく狐に、瑞宇もだが、那智も眉をひそめた。

「……おやおや。そんなふうに妖祇たちには思われているのかな」

つぶやくように言って、ちょっとため息をつく。

「他の御祓方《おはらいかた》は知らないが、私は式祁は持たない主義でね」

そんな言葉に狐がハッと那智を見た。

『だってコイツ……、おまえ、式祁じゃないのかっ？』

それに那智はゆっくりと首をふった。

『おまえ…っ、式祁でもないのに御祓方の手先になってんのかよっ！』

驚きと、軽蔑《けいべつ》、そして嫌悪、だろうか。

そんな眼差しが那智に突き刺さってくる。

「そうですね」

那智は静かに答えただけだった。

何かを説明する必要はないし、理解してもらう必要もない。

——言うとすれば。

「私がこの方を手伝いたいだけですから」

『恥知らずがっ！』

狐が吠えた。

「こら、口が悪いよ」

瑞宇が無造作に、原始的に拳《こぶし》を固めて狐の頭を殴る。

「那智がいなかったら、おまえなどこの場で滅しているんだけどね？」

冷ややかに言われ、さすがに狐が口をつぐむ。

ちろっと那智と、そして瑞宇を眺める。何かわからないように。

「人間に憑依《ひょうい》するのは、擬似的にその人間を支配してるのと同じだろう？　おまえは自分がされたくないことを人にしているわけだね」

そして静かに言われた言葉に、狐がハッとしたように大きく目を見開いた。

「それとも、人間に復讐《ふくしゅう》したいほど、ひどいことをされたのかな？」

『それは……』

狐がわずかに視線をそらしてうめいた。

那智にはわかるような気がした。

きっといいことも、嫌なことも、両方あったのだ。だから複雑で、思い切れない。

そっとため息をついて、瑞宇が言った。

「君を私の名で調伏する。そのあとは解放するから、好きなところへ行ってもいいよ。首輪付きだけどね」

ピクッと顔を上げて、狐がにらむように瑞宇を見た。

「もし君が今度、同じように犯罪に手を染めることがあったら、私にはすぐにわかる。君のしたことも、君の居場所も。その時は……消滅させるからね」

静かに言われた言葉に、狐が大きく息を吸いこんだ。

そして瑞宇の合図で、那智は狐をコンクリートの上にすわらせる。

「動かないで」

近づいてくる瑞宇に、ビクッと狐が震える。

那智は後ろから、狐の身体を押さえこんだ。

指を唇に当て、口の中で小さく祝詞《のりと》を唱える。

「白すことを聞こしめせ…………――青印、知良瑞宇、我が真名をもって封ずる」

息を吹きかけ、その指を狐の首筋に押し当てた。

『くぅ…っ』

何かの圧に押されるように、狐の身体がかしぐ。

那智がしばらくそれを押さえこんでいると、やがてふっ…と軽くなった。

ぶわっと一瞬逆立った狐の毛も、ふわっともとにもどる。

それでもまだ少し、小刻みに震えていたが。

「解いてやりなさい」

瑞宇にうながされ、那智は縛っていた紐を外してやった。

さすがにこすれて痛むのか前足をこすり合わせ、それからハッとしたように、印の押された首筋に触れる。

知良の御祓方に調伏された印である青い花びらの形が、茶色の毛に埋もれるようについていた。

もっとも本人には鏡でも見ないとわからないだろうが。

狐は瑞宇と那智を交互ににらみながら、ジリジリと後ろに下がる。

「行くところがなければうちに来てもかまわないけどね？　御知花神社だ。好きな時に来なさい」

ただ淡々と言った瑞宇の言葉に、うなずきも拒否もせず、狐は後ろ向きのまま階段のところまで這い、パッと身を翻《ひるがえ》して姿を消す。

さすがに今度は足音も立てずに逃げていったのだろう。

それを見送って、瑞宇がちょっと長い息をついた。

少しばかり困ったように頭をかく。

「那智にこんな仕事を手伝わせるつもりはなかったんだけどね…」

「どうしてですか?」

瑞宇の言いたいことはわかったが、那智は微笑んで尋ねた。

「私はできることがあると、うれしいです」

あの狐は、きっと知らないのだろう。

御祓方が妖祇を調伏した時、その妖祇に対して「責任」ができる。

式祁にするにしても、放すにしても。

命を握るのだから。

もし再び調伏した妖祇が暴れるようなことがあれば、それを責任を持って鎮めなければならない。地の果てまでも追いかけても、だ。

その場で滅することは簡単だった。その方が後腐れがない。

あるいは、式祁として手元で飼う方が。

だが瑞宇は調伏した妖祇の半分くらいは、そのまま放っていた。面倒になる可能性があることを承知した上で、だ。

この世界で、人間たちに混じって暮らすのも、楽しいことばかりではない。

……と、那智もこの十八年で学んでいた。

特に御祓方などという仕事を見ていれば。

それでも。

「瑞宇さんと出会ったことも、こうして一緒にいることも、手伝っていることも、私の運命だと思っていますから」

そう言うと、必ず瑞宇は否定してくる。

「違うね。私が那智を連れてくることを選んだだけだよ」

いつも平行線だけど、それが嫌ではなかった。

くすぐったいようにうれしい。

「さ、行こうか」

肩をすくめて、瑞宇が言った。

はい、とうなずいて、那智は定位置である瑞宇の左側についた。

実は、瑞宇の左目は失明していた。

十八年前の、あの時に。双美華様を封じた時。

普通の人に気づかれることはほとんどなかったけれど。

だがその代わり、二人の中にいるヘビは正確におたがいの気配を教えてくれる。

どこに行っても。見えない場所でも。離れていても。

おたがいがどこにいるのか、何を感じているのかまで教えてくれる。

それがあたりまえになっていて、しかし特別なことだとわかっていた。

那智にとっては、やはり運命でしかない。

あの日、鈴をくれたこの人の側で生きていくことが。

「そういえば、待ち伏せしている間に妥真から電話があったよ」

思い出したように、瑞宇が口にした。

「めずらしいですね。冬江は元気ですか?」

思わず、那智は自分でも微笑んでいるのがわかる。

妥真は相変らず放浪中だが、実は数年前から冬江は妥真に「弟子入り」しているのだ。

「元気みたいだよ。近いうちに一度、顔を出すそうだ」

ひさしぶりに会えそうで、楽しみだ。

「小腹が空いたね。カレー南蛮《なんばん》でも食べて帰ろうか。店が開いてるかな」

半歩前を歩きながら、瑞宇が言った。

「お稲荷さんをつけてください」

那智がそれに答える。

「贅沢《ぜいたく》になったねぇ…」

吐息とともに笑う気配。

「甘やかされてますから」

澄まして言った那智に、瑞宇がふっと肩越しに振り返り、苦笑して軽く頬を撫でてくれる。

階段を下りる時、スッ…といろんな匂《にお》いの入り交じった風が首筋を吹き抜けた。

古里の澄んだ風の匂いとはまったく違う。

といって、故郷の風が恋しいというわけではなかった。

今いるこの場所が、那智のいるべきところだったから。

あとがき

こんにちは。森羅万象《しんらばんしょう》のシリーズも3冊目となりました。例によって一話完結のスタンスですので、こちらから手にとっていただいても大丈夫でございます。キャラも違いますし、今回はすでにできあがっている他のカップルも出てきませんので、本当に単発な感じですね。あ。今まで名前だけでしたオヤジさまが初登場です。まだ若造でした。知良《ちいら》兄弟の若い頃のお話です。でもすでにおっさん風味（笑）シリーズを読んでいただいている方に馴染《なじ》みのある、狼《おおかみ》さんやカッパちゃんの出てくる小話を入れたいな、とネタも考えていたのですが、時間もページも足りず…（すべて自分のせいです）。またどこかで、と思います。

というわけで、今回はがっつり、瑞宇《ずいう》さんと那智《なち》さんのお話です。本編からは十八年前の馴《な》れ初《そ》め編ですね。相変わらず人外が多いです。うーん、登場人物の半分以上は人間でない…。可愛いヘビも何度か書いたことがありますが、今回は可愛くないヘビでした（笑）苦手な方はすみません。ちょっとスカしたにーちゃんと、きれいで可愛い白狐《しろぎつね》さんをお楽しみいただければうれしいです。カッパのナギちゃん（本体）はぶさカワイイ…、いや、ぶさではないですね。へちゃ（?）カワイイ感じでしたが、那智さんは本当にキレイでカワイイ襟《えり》巻き狐です。

というか表紙が！　カッコイイというか、可愛いというか、何でしょうか、うまく表す言葉が見つからないのですが（はっ。作家失格…）二人の雰囲気がとても素敵なイラストです。人間と狐で、あからさまにエロい構図でもないのに、すごくラブラブな感じがじわっと来るというのでしょうか。口絵も狩衣《かりぎぬ》姿の那智さんが美しいです。今回のお話は、書いていていろいろと迷うことが多かったのですが、大変励まされました。イラストをいただきました新藤《しんどう》まゆりさんには、本当にありがとうございました！　多々多々、ご迷惑をおかけして本当に申し訳ありません…。そして編集さんにも、私史上稀にみる体たらくで、すさまじくお手数をおかけいたしました。辛抱強く、本当にありがとうございました。いつか必ず狐の恩返しをっ。

そしてこちらの本を手にとっていただきました皆様にも、心から感謝を。ありがとうございました。にやにやと、可愛いなぁ…、とほっこりしていただければ本望です。

こちらの森羅万象のシリーズですが、この本と同月発売の雑誌「小説キャラ」さんの方で漫画化していただいております。オリジナルのお話で、狼さんやカッパちゃんたちがいっぱい…、やっぱり人より人外率が高いことになっております。個人的にももっすごい楽しみにしておりますが、そちらもあわせてお読みいただければありがたいです。

それでは、またどこかご縁がありますことを八百万《やおよろず》の神様にお祈りしつつ——。

5月　サッパリおいしく、初鰹《はつがつお》の季節です。マリネもよいなっ。

水壬楓子《みなみふうこ》

この本を読んでのご意見、ご感想を編集部までお寄せください。

《あて先》〒105－8055　東京都港区芝大門2－2－1　徳間書店　キャラ編集部気付
「森羅万象　狐の輿入」係

■初出一覧
森羅万象　狐の輿入……書き下ろし

Chara

森羅万象　狐の輿入……【キャラ文庫】

2013年5月31日　初刷

著者　水壬楓子
発行者　川田　修
発行所　株式会社徳間書店
〒105-8055　東京都港区芝大門2-2-1
電話048-451-5960(販売部)
03-5403-4348(編集部)
振替00140-0-44392

印刷・製本　図書印刷株式会社
カバー・口絵　近代美術株式会社
デザイン　佐々木あゆみ（COO）
編集協力　押尾和子

ISBN978-4-19-900711-8

キャラ文庫最新刊

七歳年下の先輩

榊 花月

イラスト◆高緒 拾

郵便局員の直《なお》は、憧れていた先輩・咎野《とがの》が落ちぶれたと聞き幻滅。そんな時、15歳の咎野だと名乗る先輩そっくりな少年が現れ!?

歯科医の弱点

鳩村衣杏

イラスト◆佳門サエコ

25年ぶりに幼なじみの美邦《みくに》と再会した祥吾《しょうご》。天使のような美少女は、美青年に成長していた!? 仕事から距離が近づくけれど…?

森羅万象 狐の輿入

水壬楓子

イラスト◆新藤まゆり

狐の里に住む白狐の那智《なち》は、神の花嫁と定められ、孤独だった。だが儀式前日、里を抜け出し、魔を祓う青年・瑞宇《ずいう》に助けられ!?

6月新刊のお知らせ

杉原理生［息もとまるほど］cut／三池ろむこ
樋口美沙緒［狗神の花嫁2（仮）］cut／高星麻子
松岡なつき［FLESH&BLOOD《フレッシュ ブラッド》⑳］cut／彩
宮緒 葵［二つの爪痕］cut／兼守美行
吉原理恵子［二重螺旋8（仮）］cut／円陣闇丸

お楽しみに♡

6月27日（木）発売予定